Penny Berry

y la Cripta de los Olvidados

Lluís Prats

Ilustraciones de María Simavilla

LITERATURA**SM**•COM

Primera edición: mayo de 2017

Gerencia editorial: Gabriel Brandariz
Coordinación editorial: Berta Márquez
Coordinación gráfica: Lara Peces

Impresores, 2
Parque Empresarial Prado del Espino
28660 Boadilla del Monte (Madrid)
www.grupo-sm.com

ATENCIÓN AL CLIENTE
Tel.: 902 121 323 / 912 080 403
e-mail: clientes@grupo-sm.com

ISBN: 978-84-675-9196-5
Depósito legal: M-10270-2017
Impreso en la UE / *Printed in UE*

To Jennifer and Nicolas,
as always

La Ilustrísima Señora

OCTAVIA BERRY

Decana de Animales Fantásticos del Muy Ilustre Decanato de Escocia y las Highlands, Gran Cruz Robustus de primera clase, Medalla al Mérito Sanador y miembro del Concilio de Britannia, falleció vilmente asesinada el pasado día 15 del corriente, en su domicilio de Berry Manor, a la edad de sesenta y nueve años.

Tu amado Máximus (†), tus hijos Percy y Rose, Aurelia y Claudio, tus nietos Penny y Marcus, toda la familia Clutterbuck, Quirón Blackhorse, Grizela Sparks, Ashwhite Bonneville y Cecilia Knots, los decanos de Britannia, Himalaya y Nepal, Ucrania, Rumania y Transilvania, la Selva Negra y todos cuantos te consideran parte de su familia nunca te olvidaremos.

El servicio religioso tendrá lugar mañana miércoles a las 11 de la mañana en la ermita de St. Pancras.

Todos los animales fantásticos serán bienvenidos a la ceremonia fúnebre.

Se ruega luto riguroso. No se invita particularmente.

Pitlochry, 17 de abril

1

UN ENTIERRO DE LO MÁS ACCIDENTADO

Era un jueves ceniciento de abril. A las puertas de Berry Manor se habían congregado docenas de familiares, amigos y animales fantásticos. El cielo estaba encapotado y algunas nubes negras pasaban rápidas sobre los tejados.

–En breve empezará a diluviar –susurró el centauro Quirón.

Sin embargo, a ninguno de ellos le importaba. Se habían reunido allí para dar el último adiós a su amada y venerada Octavia Berry, Decana de Animales Fantásticos de Escocia y las Highlands.

Toda la comarca se había reunido para dar el último adiós a la vencedora de las batallas de An Ard y de Inverlochy. Además de muchos decanos con sus coloridos séquitos, también habían acudido gigantes de Ughol Arn y unicornios de crines plateadas o centauros de rostros entristecidos.

Nada más llegar a Berry Manor, Penny había escuchado de labios de Calpurnia Clutterbuck lo sucedido: su tierna y encantadora abuela había sido atacada por un unicornio que en realidad había resultado ser la mismísima Gong Gong, la nigromante blanca que en Shangri-La había adoptado la forma de la Decana del Nepal, y que había sido desenmascarada gracias a ella. Nada ni nadie pudo salvarla, y ahora todo estaba dispuesto para que comenzara la ceremonia.

Uno de los oteadores del Decanato sopló el gran cuerno dorado del torreón y sus profundas notas resonaron por todos los valles, picachos y barrancas. En cuanto el grave sonido se apagó, la comitiva salió de la finca en dirección al pequeño cementerio de Pitlochry y lo hizo puntualmente, a las once de la mañana, tal y como le hubiera gustado a la difunta Octavia Berry.

A la cabeza, seis unicornios blancos tiraban del coche fúnebre, engalanado con flores rojas, blancas y amarillas. En el momento en que el vehículo salió del jardín bajo la atenta mirada de las gárgolas Caribdis y Oribdis Hogwood, empezó a caer una fina cortina de agua. Entonces Penny sintió cómo su tío Claudio la tomaba de la mano y le susurraba:

–Vamos, cariño, es la hora...

Penny empezó caminar tras la carroza, acompañada de su tía Aurelia, que iba de riguroso negro.

Llevaba en la mano el recordatorio del funeral, y lo había releído varias veces sin terminar de creerse todo lo que había sucedido durante aquellos últimos días.

–Penny... –repitió su tío Claudio apretándole la mano.

Volvió la cabeza y vio que detrás avanzaban penosamente Pippa y Noel Clutterbuck acompañados por sus hermanos, Harry y Camila, y sus padres. Los dos últimos lo hacían cabizbajos, mientras que de las mejillas de su tía Calpurnia se deslizaban las lágrimas sin pudor alguno.

–¿Cómo ha podido suceder algo así? –se lamentaba Augustus Blackfriars. El Decano de Inglaterra marchaba con su sombrero en la mano–. Pensé que estaríais a salvo en Berry Manor. Nunca debí permitir que aquel unicornio se acercara a la casa.

Le seguía, silencioso, el centauro Quirón Blackhorse, que llevaba del brazo a una afectada doctora Grizela Sparks. A su lado lo hacían el oteador Archibald Footstep y Rictus Gravenor, el jefe del laboratorio. No faltaban en el cortejo decenas de recolectores, oteadores y sanadores llegados desde los cuatro puntos cardinales para dar su último adiós a la DAF de Escocia.

Al final de la comitiva avanzaba una docena de gigantes. Detrás lo hacía Ashwhite, el dragón blanco, que arrastraba un gran carro en el que habían subido a la señora Knots, que no se había querido perder la despedida y lloraba a moco tendido.

–Vamos, Penny –siseó su tío, tirando de su mano otra vez.

Poco antes de llegar a St. Pancras, se escucharon los lamentos de las gaitas, y aunque muchos llevaban paraguas colgando de los brazos, muy pocos los habían abierto.

Un minuto más tarde, los unicornios de la carroza fúnebre se detuvieron frente a la pequeña ermita rodeada de lápidas y cruces celtas bellamente decoradas.

En ese preciso momento, Claudio Pettigrew se hartó y alzó la voz a un palmo de la oreja de su sobrina:

–¡Por las bestias del pantano de Ughol Arn! ¡Arriba, Penny! ¡Son más de las ocho, marmotilla!

En una milésima de segundo, Penny viajó desde el apacible cementerio de Pitlochry hasta su habitación en el número veintiocho de Finchley Road, en Londres, y el corazón le dio un vuelco.

Entonces abrió los ojos extraviada, se quitó un mechón de cabellos de la cara y lo primero que sintió fue el sol que entraba a raudales por la ventana. Después vio a su tío Claudio Pettigrew con los brazos en jarras. Su mostacho pelirrojo se movía de un lado para otro como un péndulo.

–Vístase y baje a desayunar, *alteza* –le decía su tío con una mueca–. Si no salimos en media hora, pillaremos un atasco de mil demonios.

Entonces Penny respiró aliviada. No era el día del entierro de su abuela Octavia, sino el inicio de las esperadas vacaciones de Pascua.

Esa soleada mañana de abril viajaría con sus tíos a Berry Manor de nuevo, y estaba muy contenta porque iba a reencontrarse con todos. Sin embargo, la pesadilla que había sufrido le había parecido tan horrorosa que decidió llamar enseguida a la mansión de su abuela en Escocia.

Mientras su tío salía de la habitación, se secó las babas de la comisura de los labios y se desperezó. Al entrar en el baño para cepillarse los dientes, oyó la dulce voz de su tía desde la cocina:

–¿Has despertado a la niña, Claudio?

–Por supuesto.

–¿Y lo has hecho con delicadeza, pichoncito?

–Como si fuera el pétalo de una delicada flor primaveral, cariño –respondió su tío.

–¡Qué cara más dura! –masculló Penny apretando el tubo de Dentiblanc sobre el cepillo de dientes.

Se lavó y peinó en menos de un minuto y después tardó otros cinco en decidir qué camiseta ponerse. Extendió media docena sobre la cama y, tras dudar un buen rato, eligió una de color naranja que delante tenía pintado un gran sol de colores con el lema «Hoy puede ser un gran día». Se la puso y luego, mirando al espejo, observó que en la parte trasera podía leerse: «¡Pírate y no me lo arruines!».

Un minuto más tarde, bajó las escaleras. Desde la cocina le llegó el crepitar del beicon en la sartén y se le hizo la boca agua.

Tía Aurelia estaba preparando un delicioso desayuno y sándwiches para el viaje. En esos momentos, la radio anunciaba el parte meteorológico y el locutor decía que no se esperaban aguaceros hasta el fin de semana. «Menos mal», pensó Penny. «Por suerte, aún estamos a miércoles».

–¿Ya te has levantado, cielo? –le preguntó su tía al oírla.

–Sí, tía. Voy a llamar a la abuela.

–¿Ahora? Pero si la verás esta tarde...

–Ya, pero quiero saber que está bien.

–Como quieras, cariño.

Su tía no la vio, pero todavía temblaba. La pesadilla había sido tan real que temió que un desuellamentes o algo peor atacara a su abuela como había ocurrido el verano anterior. Marcó el número de Berry Manor y aguardó unos instantes hasta que oyó la voz cálida de Calpurnia Clutterbuck, la herborista amiga de su abuela, a quinientas millas de allí.

TODAY COULD BE
A GREAT DAY!

–¿Calpurnia? –dijo Penny–. Buenos días.

–Hola, guapa. ¿Cómo estás?

–Bien, bien. ¿Cómo está mi abuela? He tenido una pesadilla. Creo que está en peligro.

–¿Y cuándo no lo ha estado? –respondió riendo la propietaria de La Ortiga Alegre.

–Lo sé, Calpurnia, pero ha sido un sueño tan horrible que...

–Tranquila –la calmó la herborista–, tu abuela está bien. Hace un rato estaba horneando un pastel de chocolate para esta noche y ahora está sentada con el Señor Hobbs en el regazo. Creo que duerme.

Penny respiró aliviada.

–¿Y Ashwhite cómo está?

–Bien también. A primera hora ha volado hasta los barrancos de Ughol Arn para comprobar que todo sigue en orden.

–¿Y sus heridas? –se interesó recordando cómo había sufrido durante las Navidades para salvarla a ella y a su hermano Marcus.

–Cada día mejor.

–Me alegro. ¿Y la señora Knots?

–Chapoteando en el estanque, como siempre.

–¿Todo en orden, pues?

–Todo en orden. ¿A qué hora llegaréis?

–Creo que sobre las siete. Tío Claudio ha dicho que saldremos enseguida y no sé qué de un atasco.

–Estupendo –se sonrió la herborista–. Cuando tu abuela despierte, le diré que has llamado.

–Gracias.

–Pippa y Noel se mueren de ganas de verte.

–Yo también –sonrió Penny al recordar a los sobrinos de Calpurnia Clutterbuck.

En cuanto colgó el teléfono, cerró los ojos unos instantes y recordó el fin de año en Berry Manor. Pippa, Noel y ella misma habían regresado de Shangri-La montados en Ashwhite, que aún se recuperaba de la herida infligida por Durga, la diosa de la montaña. Sin embargo, su dragón no se había querido perder los fuegos artificiales de año nuevo, que habían teñido los bosques de Amhuinn de mil colores distintos.

Pero la fiesta le resultó un poco triste, porque no había dejado de pensar en su hermano Marcus, volando hacia Islandia, ni en los sepulcros de sus padres que once años atrás habían sido petrificados por el innombrable, Lord Donndubhan. Los había visto en una especie de sueño al comer del fruto dorado en el jardín secreto de Shangri-La, y soñaba con ellos casi todas las noches.

El nombre de Skagafjörôur, en Islandia, el lugar al que se había dirigido Marcus montado en Ashkort, su dragón negro, se le había quedado grabado en la memoria, y tampoco había dejado de pensar en él ni un solo día durante el segundo trimestre que había cursado en el Holy Trinity.

Había sido durante la fiesta de fin de año cuando su abuela le había dicho que el único que podía conocer el secreto de la pócima para desfosilizar a sus padres era Adalbertus, el druida negro de Lindisfarne, y que debía de estar custodiado en la biblioteca del antiguo monasterio. Lo único que Penny sabía de él era que se trataba de un druida negro arrepentido, que conservaba un gran poder que ya no usaba y que vivía apartado en esa derruida abadía, que fue sede de los nigromantes durante la Edad Media.

Penny abrió los ojos de nuevo y entró en la cocina, donde su tía estaba envolviendo los sándwiches en papel de aluminio. Desayunó lo más rápido que pudo y subió a su habitación para terminar de hacer la maleta.

Encima de los jerséis colocó la fotografía que su tía le había regalado en Shangri-La, en la que aparecían Marcus y ella con sus padres en un banco de Hyde Park. Desde el salón llegaba el rumor de voces de sus tíos.

–Aurelia, solo vamos a estar fuera quince días.

–Lo sé, tesoro, lo sé. ¿Por qué lo dices?

–Porque un baúl me parece un poco... no sé... ¿Excesivo?

–Bobadas –replicó su tía–. Solo llevo lo imprescindible. ¿Ese es tu equipaje?

Penny recordó que al subir a su cuarto había visto una pequeña bolsa de viaje floreada sobre el felpudo. Sin embargo, antes de que su tío pudiera responderle, su tía gritó por el hueco de la escalera:

–¡Penny, cielo! ¡El señor Pettigrew está poniéndose nervioso! ¿Tardarás mucho?

–¡Ya bajo!

En ese instante, el teléfono empezó a sonar con insistencia y tío Claudio descolgó refunfuñando.

–Residencia de los Pettigrew –respondió–. ¿Sí? ¡Ah! Hola, Clarence. Eres tú. ¡Ja, ja, ja! Sí, sí... Responder así da más estilo, claro que sí. Todo muy bien... Ajá... ¿Aún no está del todo restableci...? La equinaqua... Ajá... Bien. Deja que lo hable con Demetrius Clutterbuck. Sí, esta tarde a casa de la abuela, a Berry Manor. Sí... ¡Por supuesto! Contad con Demetrius y conmigo... ¿A Gales? No, no... Aurelia no podrá venir... Ya te explicaré por qué... Sí, redes, pociones y todo lo demás. ¡Ya sé que es gigantesca, Clarence! No es la primera vez que veo una... Descuida, sí. De nada... Hasta pronto.

Tío Claudio colgó el teléfono y entró en la cocina.

–¿Quién era? –se interesó tía Aurelia mientras metía los bocadillos en una bolsa.

–Clarence Gruffyd, desde Gales.

–¿El marido de Cornelia?

–El mismo.

–¿Y te ha pedido que les eches una mano?

–Sí –respondió tío Claudio moviendo orgulloso los mostachos.

–¿Ella todavía no está bien?

–No, aún anda con muletas por los pasillos del hospital de Cardiff.

Penny recordó que la Decana de Gales había tenido un percance cuando intentaba atrapar a una equinaqua huida de la reserva de Eglwys Nunydd. Todo parecía indicar que su tío iba a viajar a Gales con Demetrius Clutterbuck, el padre de Pippa y Noel, para capturarla.

Un minuto más tarde, bajó con su maleta al vestíbulo, donde tía Aurelia estaba terminando de retocarse ante el espejo. Después cargaron el equipaje en el viejo Ford Mondeo de color pistacho y salieron hacia la autopista para recorrer las quinientas millas que los separaban de Berry Manor, en Pitlochry, Escocia.

2

DULCES REENCUENTROS EN ESCOCIA

El viaje fue tranquilo. Se detuvieron a comer cerca de Kendal, pero Penny casi no probó bocado. Seguía angustiada por culpa de la pesadilla. A pesar de que Calpurnia Clutterbuck le había asegurado que su abuela se encontraba perfectamente, ella estaba convencida de que en Berry Manor iba a suceder algo terrible.

Hacia las siete de la tarde, cruzaron el pueblecito de Pitlochry y tomaron la carretera hacia las montañas. Cinco minutos más tarde, vieron los altos muros de piedra de la finca familiar y cruzaron la verja.

Las gárgolas Caribdis y Oribdis Hogwood se mantenían impertérritas sobre sus pilares, con los ojos clavados en el bosque. Penny miró su reloj. En poco más de una hora, se transformarían en animales de carne y hueso y empezarían a sobrevolar la propiedad.

–¡Huy! –exclamó tía Aurelia al ver lo avanzadas que estaban las obras de Berry Manor–. No han perdido el tiempo.

La casa, derruida el verano anterior, estaba prácticamente rehabilitada y el jardín lucía espléndido. Los parterres habían sido replantados con cientos de flores rojas, blancas y amarillas.

Un segundo más tarde, tío Claudio aparcó cerca de la puerta de entrada y pegó un bocinazo.

¡MEC! ¡MEC!

–¡Ya hemos llegado! –anunció tía Aurelia abriendo la puerta del coche–. ¡Ay, mi espalda!

Al oír sus quejidos, a tío Claudio le faltó tiempo para ir a ayudarla.

Penny, en cambio, saltó del coche en cuanto se detuvo y corrió hasta el estanque de la señora Knots. Recogió un guijarro del suelo, lo tiró al agua y aguardó. La equinaqua no tardó en emerger. Primero lo hicieron los juncos que coronaban su cabezota y luego sus bellos ojos azules, que abrió enseguida para ver al impertinente que echaba piedras a su estanque.

–¡Penny! –exclamó al reconocerla–. ¡Cielo santo! ¡Cómo has crecido! ¡Y qué camiseta más preciosa llevas! Ven aquí, que te dé dos besos.

¡CHUIC! ¡CHUIC!

–Me alegra verte, Cecilia –dijo Penny, secándose con la manga.

–¡Y yo también! Ya me habían dicho que llegabas hoy. ¿Cómo ha ido eso del sortilegio?

–¿Sortilegio? –se sonrió Penny–. Quizás quieres decir colegio.

–Eso.

–Pues muy bien: he aprobado todo.

–¿Has probado todo? ¡Fantástico! –sonrió la gigantesca equinaqua agitando la cabeza–. Eso es lo que digo yo: hay que probarlo todo siempre. ¿Y ya has pintado los huevos de Pascua?

–Todavía no.

–Me ha dicho Matilda Bowie, el hada, que ha visto a tu abuela hirviendo docenas por la ventana de la cocina. Mañana por la mañana vendrán todos los niños para encontrarlos, ¿no es excitante?

–Sí, mucho –sonrió Penny–. Luego vuelvo. He de saludar a todo el mundo.

–¡No te olvides de Ashwhite! –gritó la equinaqua mientras se alejaba–. ¡Ya sabes que es un poco quisquilloso con estas cosas!

–Por supuesto que no –replicó Penny.

Corrió hacia la puerta de la casa y se dio de bruces con su tío, que cargaba con el baúl de tía Aurelia. Entonces alzó la vista hacia las nubes. Una sombra acababa de tapar la luz del sol y se dirigía velozmente hacia ella. Por un momento se temió lo peor, pero enseguida reconoció a Pippa Clutterbuck, que durante su visita al jardín secreto de Shangri-La se había revelado como una flydra, una recolectora capaz de volar.

–¡Penny! –saludó su amiga posándose sobre el césped con más o menos acierto.

–Caramba, has mejorado tu técnica –dijo Penny abrazándola y estampándole dos besos en las mejillas.

–Vuelo distancias cortas, hasta que aprenda a dirigirme con los brazos –le respondió Pippa–. No es fácil.

–¡Genial!

–¡Qué camiseta tan bonita llevas!

–¿Te gusta?

–Muchísimo. A ver, date la vuelta... ¡Ja, ja, ja! –se rio al ver lo que llevaba escrito por detrás–. Muy original.

–¿Y tu hermano?

–Noel está en Amhuinn. Lo he llevado para recoger ortigas. Nos ha mandado Quirón, pero, claro, no he querido traerlo de regreso y terminar con los brazos llenos de sarpullidos. Ahora llegará.

Un minuto más tarde, vieron que cruzaba por debajo del arco de flores y seguía por el camino del cobertizo.

–¡Noel! –le saludó Penny.

El hermano de Pippa llevaba los brazos cargados de manojos de ortigas. Por suerte, los tenía protegidos con unos largos guantes de cuero. Sin embargo, tenía el cuello lleno de ronchas.

–¡Arf! –resopló Noel tratando de recuperar la respiración–. ¡Hola, Penny! Ya habéis llegado. Cómo pinchan las condenadas. Ahora se las bajaré a Quirón. Está llenando el almacén antes de que llegue el verano.

Entonces se abrió la puerta de la mansión y su abuela salió con su delantal de flores, que le era tan familiar. En la mano llevaba un cucharón de madera, y en la cara, una sonrisa de felicidad.

–¡Tesoro! –la saludó abriendo los brazos–. ¡Cómo has crecido!

Penny fue corriendo hacia ella y se fundieron en un abrazo.

–¡Qué suerte estar en casa, abuela! Tengo mil cosas que contarte. ¿Y tú? ¿Tienes novedades?

–Poca cosa, pero algo sí.

Penny se despidió de los Clutterbuck y entró en la casa abrazada a la cintura de su abuela.

El vestíbulo de Berry Manor estaba igual que siempre, con la diferencia de que algunos de los retratos de sus antepasados druidas habían sido sustituidos por otros. El que más le llamó la atención fue el de un tal Morgan Eggplant. Por lo que recordaba, había sido un boticario que acompañó a Marco Polo a la China y había regresado con vastos conocimientos de medicina oriental.

A su lado estaban los retratos de Dora Berry II y de Heidi McStrawberry. Aún se veían algunos desconchones provocados por las arpías de Cedric Donndhuban, pero el resto de la casa estaba igual que la primera vez que había estado allí, el verano anterior.

En la cocina encontró a su tía, sentada a la mesa. Había sacado docenas de huevos de la olla y los había puesto en una gran fuente de plata. En ese momento estaba pintando uno de ellos con dragoncitos de colores.

–¿Me ayudas, cielo? –le preguntó mientras mojaba el pincel en un tarro dorado.

–Eso, que yo tengo que terminar la cena –dijo la abuela Octavia–. Seremos once, o doce si también viene Archibald.

Penny miró extrañada a su abuela. Archibald Footstep no era un invitado habitual a las cenas de Berry Manor.

–Calpurnia y él pasan cada vez más tiempo juntos –sonrió su abuela mirando de reojo a su hija Aurelia, que hizo un mohín.

Penny recordaba al simpático cartero de Pitlochry, que a la vez era jefe de los oteadores de Amhuinn, y las miradas que él y Calpurnia Clutterbuck se habían dirigido durante la cena de Navidad.

–¿De verdad? –dijo tía Aurelia mientras abría los ojos emocionada.

Su abuela asintió en silencio y dijo:

–Creo que en breve tendremos una gran celebración.

Tía Aurelia abrió la boca para decir algo, pero se lo pensó mejor y siguió pintando dragones. Por su parte, Penny cogió un pincel y empezó a decorar uno de los huevos con los bellos ojos de Cecilia Knots, mientras su abuela doraba docenas de salchichas en las sartenes. Al terminar, se giró hacia ella y le preguntó:

–¿Has sabido algo más de...? Bueno, ya sabes...

Octavia Berry dejó el cucharón sobre el mármol y se secó las manos con el trapo que le colgaba del delantal. Le acarició el cabello y la miró con inmenso cariño. Sabía que lo único que importaba a Penny desde las Navidades era recuperar a su hermano Marcus, que seguía en poder del innombrable.

–Nada de nada, por ahora –le respondió–. Serías la primera en saberlo. Se han oído cosas aquí y allá.

–¿Cosas...?

Su abuela le guiñó un ojo, pero no añadió nada más. No tenía ganas de discutir con su hija Aurelia, quien consideraba que Penny todavía era una niña y había que mantenerla alejada de todo eso hasta que fuera mayor. Por eso no había aprobado nunca que la dejara montar en Ashwhite, que se hubiera manifestado como una astrosaura de grandes poderes ni que hubiera viajado a Shangri-La, con todos los peligros que ello había comportado.

Entonces, tío Claudio entró silbando en la cocina y paseó los ojos por las sartenes.

–Ni se te ocurra coger una patata frita, señor Pettigrew –le amenazó la abuela con el cucharón–. Son para la cena.

–Ni se me había pasado por la cabeza... –mintió él.

Tía Aurelia sonrió y, en cuanto terminó de pintar otro huevo de Pascua, se levantó.

–Voy a echarme un rato a la habitación –dijo–. Después de un viaje de siete horas, siento un poco de jaqueca y me duele la espalda.

–Últimamente se encuentra un poco cansada –la disculpó tío Claudio cogiendo una patata frita.

La abuela Octavia le miró intrigada, pero, como no añadió nada, continuó preparando la cena.

Penny pintó algunos huevos más y luego se ofreció a poner la mesa. Estaba colocando las servilletas cuando notó que algo suave y peludo se le enroscaba en una pierna.

–¡Señor Hobbs! –dijo agachándose y acariciándole el lomo.

El gato de su abuela remoloneaba por la cocina. Penny lo recogió del suelo y le hizo cosquillas en la barriga hasta que el animal saltó y fue a echarse encima de la alfombra del salón.

Terminó de poner las cucharillas del postre y, mientras su abuela freía montones de beicon, subió a su habitación para deshacer su equipaje.

Sacó la foto en la que ella y Marcus estaban en las rodillas de sus padres y la puso junto a aquella en la que aparecían con Hooves en Amhuinn. Ordenó sus camisetas y jerséis y regresó a la cocina. Pintó unos cuantos huevos de Pascua más hasta que, a eso de las ocho, las campanillas del recibidor empezaron a repicar alegres.

¡Ding! ¡Ding! ¡Ding!

Abrió la puerta y se encontró a todos los Clutterbuck y a Archibald Footstep del brazo de Calpurnia.

–¡Buenas noches, Penny! –la saludó la señora Clutterbuck al verla–. ¿Qué tal todo? ¿Te importa poner esto en la nevera? Son unos dulces de merengue.

–No tenías que haberte molestado, Betty –dijo la abuela desde el pasillo a la madre de Pippa y Noel–. Gracias de todos modos, y ahora... avisad a Aurelia y... ¡todos a cenar!

Las fuentes brillaban repletas de comida encima de la larga mesa y todos empezaron a comer con apetito.

–Y a todo esto, ¿ha habido novedades desde Navidad? –preguntó tío Claudio, mojando una patata en kétchup.

–Parece que todo está tranquilo –dijo la abuela Octavia, sirviéndole media docena de salchichas–. La semana pasada llegó una carta de Lhotse Huang desde Shangri-La para agradecer lo que los chicos habían hecho y poco más.

Las campanillas del recibidor repicaron de nuevo. A regañadientes, tío Claudio dejó sus salchichas y se levantó a abrir. Regresó un minuto después, acompañado por Lucinda Caldwalader.

AWESOME!

–Vaya, vaya... –sonrió la anciana sanadora al verlos–. Pero si ya estamos todos, y parece que con muy buen apetito.

Lucinda se sentó junto a Penny y se sirvió un poco de esto y de lo otro.

–¿Qué tal por Londres? –le preguntó la abuela.

–Horroroso. El tráfico está imposible –rio.

La anciana sanadora regresaba de entrevistarse con Augustus Blackfriars, Decano de Animales Fantásticos de Inglaterra.

–Además –continuó pinchando una patata frita–, no traigo muy buenas noticias.

–¿Y eso? –se interesó Demetrius Clutterbuck. El papá de Pippa y Noel se había terminado el puré de patatas y empezaba a rebañar el plato con un mendrugo de pan.

–Augustus me ha dicho que algunos decanos no responden a sus cartas, y eso le da muy mala espina.

–¿Por qué? –se interesó Penny.

–Teme que algunos druidas se hayan pasado al lado de los señores oscuros. Parece que su poder crece día a día.

–Pero si le vencimos el verano pasado en la Pradera de los Unicornios...

–Eso fue más bien una escaramuza, Penny –dijo Calpurnia Clutterbuck, que por un segundo había dejado de contemplar embelesada a Archibald Footstep–. Si Cedric Donndubhan logra aparcar las rencillas que existen entre ellos, juntará unas fuerzas muy superiores a las nuestras. Aunque lográramos convocar a todos los druidas blancos de la Orden, sería muy pero que muy difícil derrotarlos. El poder oscuro es indestructible.

–Exacto, Calpurnia –señaló la abuela Octavia–. Su poder ha crecido, sin duda. Otros se han sumado a sus fuerzas y, lo que es peor, intentará atraer astrosauros a su causa. No quiero ni pensar lo que ocurrirá si lo logra.

Penny conocía a todos los astrosauros. Recordaba perfectamente a Sarita Guinness, sobrina de la Decana de Irlanda Fulgencia Gallagher, a Le Tsen del Decanato del Himalaya, a Vishnú Pattel de la India, a Pi Chow-Lee de la China, a Vasili Krushenko del Ilustre

Decanato de Ucrania, Rumania y Transilvania... Meses antes habían estado en el castillo de su tío, y sabía que podía confiar plenamente en ellos. No tanto en la astrosaura de las Galias, Fleur Desjardins, que en Shangri-La se había mostrado ladina y embustera.

–Creo que va siendo hora de convocar el Concilio Universal –señaló Lucinda Caldwalader.

–Y quizás de realizar el hechizo... –apuntó Octavia Berry.

–¡Octavia! –tembló la sanadora al oírla.

–Estoy segura de que Abbas Sherezade sigue fiel a nuestra causa –dijo entonces Pippa.

Penny recordaba la mirada firme y decidida del pequeño astrosauro de Mesopotamia y Persia, y sabía que por nada del mundo se pasaría al bando de los señores oscuros.

–Por ahora desconocemos quién se ha pasado a su lado, Pippa –señaló su padre con el rostro ensombrecido.

–¿Entonces? –titubeó Penny al oírle.

–Entonces, cariño –dijo su abuela–, tenemos un problema, como dijo Augustus. Gong Gong no era la única nigromante en Shangri-La. Alguien ha empezado a suplantar a los decanos para atraer adeptos a su causa. Como dice Lucinda, habrá que convocar el Concilio Universal y realizar el hechizo.

–¿El hechizo? –Penny ya había oído eso en Shangri-La, pero desconocía de qué podía tratarse.

–Sí –replicó su abuela–, algo tan antiguo como peligroso. Pero, para ello, el concilio ha de autorizarnos. Solo se ha convocado una vez, y creo que fue durante el Decanato de Heidi McStrawberry.

–¿La que venció a los nigromantes en cuatro batallas?

–Exacto, en 1554, y si logró derrotar a las fuerzas de los druidas negros fue gracias a ese hechizo –respondió enigmáticamente.

–¿Y en qué consiste «el hechizo»?

–Todo llegará, Penny, todo llegará. Hay algunas cosas que no son para niños, aunque tengan trece años y sean tan valientes como vosotros.

Penny decidió cambiar de tema. Entonces se acordó de la bellísima astrosaura de Escandinavia, que había sido herida cuando la habían confundido con ella en Shangri-La.

–¿Se ha sabido algo de Corina Olafsson?

–Sus padres dijeron que estaba ya plenamente restablecida. Parece que han empezado su cruzada particular contra Rupertus, el viejo nigromante de Gotland.

–¡Pues a ver si le atan a un iceberg y lo echan al mar Báltico! –dijo Noel enojado.

–¡Buena idea! –añadió su hermana Pippa, pinchando una patata con furia.

–Bueno, bueno... –dijo la abuela Octavia–. ¿Por qué preocuparnos de eso ahora? Tenemos unos deliciosos dulces de merengue esperándonos en la nevera.

3

MIL Y UN HUEVOS DE PASCUA

Al terminar la cena, y mientras los mayores hablaban de sus cosas, Penny y los Clutterbuck salieron a dar una vuelta.

El jardín olía a violetas y a tomillo. Caribdis y Oribdis planeaban tranquilas por el cielo estrellado. Era una apacible noche de primavera.

–¿Qué planes tenéis para estas vacaciones? –se interesó Penny–. Quizás mañana temprano podríamos ir a la cascada de las Perlas de Plata...

Pippa y Noel miraron hacia la ventana de la cocina, donde sus padres charlaban animadamente con el resto.

–Tenemos que irnos una semana a Gales –dijo Noel a regañadientes.

Penny recordó la conversación que esa misma mañana habían mantenido su tío y Clarence Gruffyd.

–¿En serio? ¿También vosotros? –se deshinchó Penny.

–¿Recuerdas que una equinaqua salvaje se escapó de la reserva de Eglwys Nunydd? –dijo Pippa–. Pues papá y mamá se han ofrecido para echar una mano. Los galeses son pocos, aunque extremadamente valientes, por lo que agradecen mucho cualquier ayuda. Papá y mamá no quieren que nos quedemos por aquí a estorbar.

–Vosotros no estorbáis –replicó Penny.

–Gracias –sonrió su amiga–. Pero Quirón no piensa lo mismo. Me temo que mañana nos vamos a Gales.

–Exacto –señaló su madre, Betty, que había salido al jardín a buscarlos–. Solo será por unos días.

–¿Tía Aurelia también va con vosotros? –quiso saber Penny.

–No, cielo –dijo la interesada–. Yo me quedaré con la abuela descansando. Tenemos mil cosas que contarnos.

Como ya era un poco tarde, los Clutterbuck se despidieron después de acordar con tío Claudio que saldrían después de la búsqueda de los huevos de Pascua. Luego subieron al coche familiar y partieron hacia Pitlochry.

Mientras sus tíos entraban en casa del brazo, Penny se quedó en el jardín. La luna bañaba de plata las flores y, en cuanto la vieron, las dos gárgolas aterrizaron frente a ella.

–¡Penny Berry! –graznó Caribdis–. Con todo este jaleo, debimos suponer que habías llegado.

–¿Cómo estáis, preciosas?

–Bien, podría decirse que bien. Un poco entumecidas como cada noche, pero bien.

A Penny no le gustó la idea de quedarse sola en Berry Manor, pero estaba tan cansada que no se entretuvo mucho con ellas y, en cuanto empezaron a patrullar, subió a su cuarto. En mitad del corredor vio al gato de su abuela, que le sacó la lengua, maulló y se escabulló hacia otra habitación.

–Buenas noches, Señor Hobbs. Hasta mañana.

Al día siguiente, Penny, Pippa y Noel terminaron de pintar los huevos y salieron al jardín a esconderlos.

Al poco empezaron a llegar montones de niños acompañados por sus padres. La abuela Octavia, su tía Aurelia y Calpurnia Clutterbuck les sirvieron té y pastelitos, y todos disfrutaron de un tiempo soleado.

A eso de las doce, alguien hizo sonar el gran cuerno dorado de Berry Manor y los chiquillos empezaron a corretear por el jardín, buscándolos entre los matorrales. Media hora más tarde, todas las cestas estaban llenas de huevos. El ganador fue un niño pelirrojo, que recibió su trofeo por haber encontrado casi una docena. Poco después, el jardín quedó desierto y entonces la señora Knots sacó la cabeza del estanque.

–No me gusta que los pequeños me vean si no saben nada de lo nuestro –explicó a Penny chasqueando la lengua–. Ya me entiendes: algún año los he asustado, y no sé por qué.

–Ya –sonrió Penny al ver los colmillos que le salían por la boca–. Yo tampoco tengo ni idea.

–¿Los han encontrado todos? –se interesó ella.

–¿Los huevos de Pascua? Creo que sí.

–¿Y el mío? –se lamentó la gigantesca equinaqua haciendo pucheritos.

–¿El tuyo?

–Claro, ¿es que... es que yo no merezco mi huevo de Pascua?

–Eran para los niños, Cecilia... –le intentó explicar Penny.

–¿Y yo qué soy? –se quejó la bestia.

Penny sonrió: la gigantesca equinaqua, que llevaba en Berry Manor desde tiempos de Dora Berry, aún se consideraba una niña.

–Espera –le dijo–, veré si encuentro algo.

Penny corrió hasta la cocina, tomó el que había dejado a medio decorar la noche anterior y regresó a la charca.

–¡Oh! ¿Es para mí? –dijo Cecilia Knots abriendo unos ojos como platos–. Es todo un detalle.

Luego acercó su bocaza a la mano de Penny, lo cogió entre los dientes y empezó a masticar.

–¡Delicioso!

Penny sonrió aliviada, dejó a la bestia degustando el huevo de Pascua y volvió a entrar en Berry Manor, donde encontró a tía Aurelia sentada en el salón leyendo una revista.

–¿Por qué no acompañas a tío Claudio a Pitlochry? –le sugirió al verla aburrida–. Marchará con los Clutterbuck en un rato y antes quería comprar el periódico.

–Tengo que bajar a la gruta a saludar a Ashwhite.

–Ajá... –replicó su tía con una mueca.

Penny sabía que nunca había aprobado lo que había sucedido el verano anterior, a pesar de que ella misma trabajaba como colectora de animales extraviados junto a su tío Claudio. Pero en el fondo le encantaba chincharla un poco. Así que cogió otro de los huevos que habían sobrado de la fiesta y bajó a la gruta.

El viejo dragón albino se encontraba, como siempre, al fondo de la caverna, cerca de la salida al bosque que comunicaba con el arco de flores de Amhuinn. Por sus sonoros bostezos, Penny dedujo que había estado dormitando hasta ese momento.

–¡Ashwhite! –gritó.

–¡Penny! –sonrió el dragón albino alzando la cabeza.

–¡No sabes cómo te he echado de menos!

–¿De verdad?

–Pues claro, bobo –le dijo abrazándolo y dándole un beso en la mejilla rugosa.

Se arrodilló a su lado y examinó las heridas que le había causado la diosa del Namcha Barwa, que recorrían el lado izquierdo de su panza llena de escamas.

–¿Están mejor? –le preguntó.

–Casi olvidadas.

–¿Pero te duelen?

–¡Bah! Muy poco –Ashwhite chasqueó la lengua.

El dragón, que llevaba en Berry Manor desde que Scott Whistle lo había capturado en el siglo XII, había estado a punto de morir para salvar a Penny y a Marcus durante la Gran Travesía Blanca de Shangri-La.

–Te he traído un huevo de Pascua.

–¡Oh! Gracias, es precioso. Parecen los ojos de Cecilia Knots. ¿Los has pintado tú?

–Sí.

–¿Y se comen?

–Ajá.

Se lo acercó a la boca y, con toda delicadeza, el dragón lo cogió entre sus colmillos. Luego, ella observó cómo lo masticaba y le dijo:

–Ahora he de dejarte. Pippa y Noel marchan unos días a Gales y quiero despedirlos. Quizás mañana...

–¿Mañana qué?

–Podríamos salir a dar una vuelta.

–Estupendo. Aquí estaré.

Penny regresó al jardín y vio la furgoneta roja de los Clutterbuck aparcada frente a la puerta. Pippa y Noel estaban ya sentados en la parte trasera junto a su madre. Tío Claudio iba delante, al lado de Demetrius Clutterbuck, y los dos charlaban animadamente. Penny asomó la cabeza por la ventanilla de atrás y suspiró:

–Esto será muy aburrido sin vosotros...

–Solo será una semana, Penny –la consoló Betty Clutterbuck–. Dentro de nada los tendrás de vuelta, ya verás.

–Cuida de tu tía, ¿oyes? –le dijo tío Claudio volviéndose.

–Sí, tío. Ya sé que está un poco cansada.

–Exacto, eso: cansada –confirmó disimulando una sonrisa.

Entonces, sus dos amigos sacaron la mano para despedirse. El monovolumen de los Clutterbukck arrancó y atravesó la verja de la entrada. Pasó por debajo de Caribdis y Oribdis y luego torció por la carretera hacia Pitlochry.

En cuanto lo perdió de vista, Penny dio una patada al suelo y una piedra salió volando hacia Matilda Bowie, que revoloteaba entre las gardenias. La pequeña hada se giró de repente y levantó un puño amenazante.

–¡Lo siento! –chilló Penny mientras la pixie echaba a volar hacia Amhuinn.

Después de despedirlos, bajó al Mitozoo para echar una mano, pero lo encontró muy distinto a otras veces. Los pasillos seguían llenos de jaulas, pero pocas estaban ocupadas y el tanque de las kelpies estaba vacío.

–Después de Año Nuevo, Quirón las facturó al lago –le informó uno de los ghouls–. Estaba harto de que se pelearan y pensó que estarían mejor en libertad. Ya habían crecido mucho.

El resto seguía todo igual: los grandes arcos que se abrían a ambos lados de la inmensa caverna, de donde arrancaban las solemnes escaleras que subían al bosque, las esculturas descascarilladas de unicornios y otros animales...

Penny avanzó por la galería hasta que encontró al viejo centauro frente a unas de las pocas jaulas que parecían ocupadas. Al notar su presencia, el médico se volvió y sus ojos chispearon de alegría.

–Penny –la saludó con voz grave–, nuestra pequeña Penny Berry. Ya me ha dicho tu abuela que llegaste anoche.

Aunque sabía que los centauros no eran dados a las muestras de afecto, corrió hacia él y le abrazó con todas sus fuerzas. Luego le besó en la mejilla, y le pareció que al viejo Quirón le temblaba la barbilla.

–Tenía ganas de verte, ¿sabes?

–Ya me contaron lo bien que lo hiciste en Shangri-La –carraspeó él.

Penny se encogió de hombros y luego suspiró:

–En el Himalaya conocí a Marcus, Quirón...

–Lo sé, y has de tener paciencia, Penny.

–¿Crees que estará en Islandia?

–Es probable. ¿Te dijo que volaba hacia allí?

–Sí.

–Tierra de dragones y de volcanes –murmuró el centauro, empezando a revolver entre los papeles que tenía encima de una mesa.

Encontró lo que buscaba y se lo tendió a Penny. Era un pergamino y en él se veía dibujada la gran isla. Entre los glaciares blancos destacaban varios volcanes pintados de color naranja. Uno se llamaba Grimsvotn y el otro Bardarbunga. Penny lo observó y vio que el lugar que le había dicho Marcus, Skagafjörôur, era una bahía que se encontraba al norte de la isla. Luego devolvió el pergamino al médico y suspiró:

–Esto será aburrido sin Pippa y Noel.

El viejo Quirón se mesó la barba y respiró aliviado.

–Al contrario –dijo–. Estaremos de perlas.

Penny sonrió. Los hermanos Clutterbuck tenían la habilidad de sacar de sus casillas al viejo médico. Luego paseó la vista alrededor y en los cubículos que tenía más cerca vio a un blemia sentado en su camastro. Lo reconoció enseguida porque lo había visto por primera vez las Navidades anteriores, en su visita a los sótanos de Libros Viejos y Otras Cosas Más o Menos Interesantes, en el Decanato de Inglaterra.

Se trataba de un ser parecido a un humano, pero donde debía estar la cabeza no había nada porque tenía la cara en el pecho. Los rasgos faciales eran más grandes que los de una persona, y lo más curioso era que no tenía orejas.

–¿No es Crunchy? –le preguntó a Quirón.

–Exacto. Augustus Blackfriars nos lo envió para ver si el aire puro de la montaña le sienta mejor que el de Londres –le explicó–, pero no hemos progresado mucho, ¿verdad, Crunchy?

El blemia gruñó enfadado, pero pareció reconocer a Penny y le dedicó una gran sonrisa.

–Sigue encerrado porque anteayer se hizo con un puñal e intentaba forzar con él la cerradura de la jaula.

En ese momento, la bestia sacó una garra entre los barrotes para tocar a Penny.

–¡Quieto, Crunchy! –le ordenó el centauro pegándole un manotazo.

El blemia gruñó, dejando ver unos dientes retorcidos, y Penny le susurró:

–Si te portas bien, un día de estos te dejaré salir a pasear por el bosque.

El blemia asintió y, por los gestos que hizo, le pareció que prometía ser un buen chico. Entonces Penny se fijó en que a su lado había un viejo trol de las montañas que roncaba profundamente sobre un montón de paja. Más allá, un animal que no identificó sacaba un par de patas entre los barrotes y también parecía dormir.

Penny acompañó a Quirón hasta el final de la ancha nave y, durante un buen rato, le ayudó a imponer las manos en la pata de un joven unicornio, que se la había torcido esa mañana en la pradera.

Media hora más tarde, y como vio que había poco que hacer allí, se despidió y bajó a la biblioteca. Oronda Beckham seguía tan atareada como siempre. Penny le preguntó por Luciérnaga Sidebottom, la mujer de Defectus, y la bibliotecaria le dijo que había subido al laboratorio para recoger acelgas y hierbabuena con las que preparar una infusión para Defectus.

–Esta mañana se ha pegado un buen atracón de huevos de chocolate y tiene una descomposición de caballo –le informó.

–Entonces, iré a ver cómo está el pobre...

Al llegar al cobertizo, miró en su interior por una rendija de la puerta y vio a Defectus. Estaba todo cubierto de chocolate, y en ese momento su hermana Hortensia le ayudaba a levantarse para ir al baño.

–¡Mejor al jardín, y bien lejos! –oyó que decía Luciérnaga, su mujer.

Dejó a los Sidebottom con sus menesteres domésticos y, como ya había saludado a todos en Berry Manor, entró en casa para ver cómo seguía su tía, que desde hacía unas semanas parecía agotada.

4

EL ELIXIR DE NUNCAJAMÁS

Los dos días siguientes, Penny bajó cada mañana al Mitozoo para echar una mano. El primero ayudó a los ghouls a repartir forraje, y el segundo charló con el viejo centauro y la doctora Sparks. Ambos estaban muy interesados en todo lo que había sucedido en Shangri-La.

Querían averiguar qué nigromante, además de Gong Gong, había atacado por equivocación a la escandinava Corina Olafsson.

–Si es que realmente fue un nigromante –dijo Quirón mesándose la barba.

–¿Qué otra cosa podía ser? –le preguntó Penny.

–Otro astrosauro que hubiera aprendido a emplear su poder, y no solo contra las alimañas –conjeturó el viejo centauro–. ¿No dijiste que a Corina la atacaron con un fogonazo de luz cuando la confundieron contigo? Probablemente se trató de una *Mortis subita*. Por suerte, no contaba aún con suficiente poder para matar.

–Quizás sí –dijo Penny pensando en los astrosauros que había conocido en Shangri-La–. Quizás Gong Gong fuera la única nigromante en el Decanato del Himalaya.

–Y es probable que para convertirse en Lhotse Huang usara el elixir de nuncajamás –dejó escapar la doctora Sparks, que enseguida se mordió la lengua.

Quirón le reprochó aquella revelación con una mirada. A Penny le faltó tiempo para preguntar qué era ese elixir. El médico levantó los ojos, resignado, y dijo a regañadientes:

–Cuéntaselo.

–¿Conoces la historia de los druidas de Escocia, Penny? –suspiró la doctora Sparks.

–Solo un poco. En verano leí unos capítulos de *Historia de los Decanos de Amhuinn,* de Aurelius O'Hara.

–Bien, pues en ese libro aparece un tal Morgan Eggplant...

–Eso fue antes de Dora Berry, ¿verdad? –la interrumpió Penny, recordando uno de los retratos del vestíbulo.

–Mucho antes. Morgan acompañó a Marco Polo a Oriente y regresó de Shangri-La con muchos conocimientos médicos, y también –añadió levantando un dedo para alertarla– con pócimas usadas por los nigromantes, aunque en esa época no distinguían exactamente unas de otras. Una de las que trajo fue un elixir llamado «de nuncajamás».

–Aunque, como puedes suponer, son solo habladurías –se encargó de subrayar el centauro.

–¿Por qué? ¿En qué consiste ese elixir de nuncajamás? –insistió Penny.

–Bien –prosiguió la doctora–, quien lo ingiere se convierte en otra persona. Probablemente es la pócima que utilizó la replicante que se mutó en Daisy Poppins el verano pasado, y Gong Gong para convertirse en la Decana Lhotse Huang. El elixir en sí no es difícil de preparar. Creo recordar que lo peor son sus efectos secundarios. Todo depende de la pureza de los elementos con que se prepare, ¿entiendes?

–Al final del proceso –añadió Quirón–, parece que hay que echar en la poción algo perteneciente a la persona o animal en quien te quieres convertir: un cabello, una uña, un trozo de piel... Lo que sea. Y ahora, basta de cháchara. Hay mucho que hacer.

Penny los dejó con sus cosas, y esa misma tarde, después de comer, bajó a la biblioteca de Oronda Bechkam. Sus pasillos estaban prácticamente desiertos. Paseó entre las estanterías y solo se topó con dos ghouls que, subidas a las escaleras, intentaban colocar un volumen que las triplicaba en tamaño.

Se adentró en la sección de historia y recorrió las letras doradas de las estanterías hasta que se topó con el libro de Aurelius O'Hara que había leído el verano anterior: *Historia de los Decanos de Amhuinn (758-1405)*. No tardó mucho en encontrar el párrafo en el que O'Hara describía las medicinas que Morgan Eggplant había traído de Oriente:

> *Morgan regresó de sus viajes con las alforjas cargadas de pociones, ungüentos, elixires y tarros de hierbas aromáticas. Dos de las pócimas en particular llamaron la atención de los druidas que colaboraban en esa época con el DAF.*
>
> *La primera fue el «filtro del amor eterno» y la segunda el «elixir de nuncajamás», una complicada pócima que tenía la rara facultad de convertir en cualquier otro ser a quien la ingiriera.*
>
> *Parece que Morgan fabricó y probó la primera, porque se decía de él que era un hombre muy enamoradizo. Hasta en una ocasión le vieron recitando poemas de amor a un viejo roble mientras le besaba apasionadamente.*
>
> *Dada su peligrosidad, nunca se atrevió a probar la segunda. Las viejas crónicas cuentan que ambas se consignaron en la Cámara Secreta, ya que sus efectos secundarios podían ser tan horribles que pocos podrían resistirlos.*

Penny terminó de leer esas líneas y cerró el libro. Lo primero que se le ocurrió fue que, si consiguiera fabricar esa pócima, podría volar hacia Islandia, transformarse en alguna de las criaturas del innombrable y convencer a Marcus para que regresara con ella. La idea empezó a tomar forma dentro de su cabeza, aunque era tan disparatada que tendría que mantenerla en secreto. Pero se había jurado que no descansaría hasta recuperar a su hermano, y eso era lo que pensaba hacer: volaría hasta Islandia para convencerlo de que regresara con ella a Berry Manor.

Esa noche cenó con su abuela, con Calpurnia y con Lucinda Caldwalader. Su tía seguía indispuesta y se había ido a dormir. Le contaron mil historias de Amhuinn y recuerdos que compartían, pero que no interesaron a Penny. Lo que la preocupaba de verdad era otra cosa. Por eso, antes de los postres, preguntó a su abuela:

–¿No hay manera de desfosilizar a mis padres?

–Augustus ya nos dijo que habían sido carbonizados y convertidos en aragonito.

–Lo sé abuela, pero no preguntaba eso.

–¡Por las barbas del centauro, Octavia! –se enojó Lucinda Caldwalader–. Díselo. Díselo de una vez.

Penny taladró a su abuela con sus ojos de color esmeralda y aguardó.

–No quiero ponerte en peligro –murmuró Octavia Berry.

–No olvides que soy astrosaura, abuela.

–No, tesoro, no lo olvido. Pero para enfrentarse a ciertas cosas no basta con eso. Lo cierto es que primero deberíamos saber dónde se encuentran sus cuerpos.

–En eso nos podría ayudar Marcus.

–Sí, pero ¿cómo?

Penny no le dijo nada de la idea que había empezado a tomar forma en su cabeza: fabricar el elixir de nuncajamás, volar hasta Islandia y convencerle de que regresara con ella a Escocia.

–La clave está en Lindisfarne –añadió Lucinda removiendo su tacita de té–. Si Adalbertus quisiera, podría ayudarnos. Si mal no recuerdo, fue Zaratustra de Persia quien halló la pócima de la reencarnación.

–Exacto –replicó la abuela Octavia apurando su taza.

–¿Y quién es este Zaratustra, Lucinda? –quiso saber Penny.

–Fue un druida persa del siglo X de nuestra era. Un sabio, si es que te interesa mi opinión –le explicó la anciana sanadora–. Es probable que la pócima de Zaratustra se conserve en la biblioteca de los druidas negros de Lindisfarne.

–Pero todo es demasiado peligroso –apuntó la abuela Octavia–. Supongamos por un momento que conseguimos la fórmula de Zaratustra. ¿Luego qué? Deberíamos encontrar los ingredientes, y me temo que hallar todo eso y además los sepulcros de tus padres no resultará nada sencillo.

Penny no dijo nada, pero sabía que debía actuar, y lo primero era rescatar a Marcus; quizás él hubiera oído algo del paradero de los misteriosos sarcófagos que se habían sacado de Inverlochy antes del verano anterior.

A la mañana siguiente, muy temprano, Penny tomó la decisión. Por supuesto, no podía decir nada a su abuela, ni mucho menos a su tía, porque le provocaría un ataque de nervios que la dejaría postrada en cama durante un par de meses. Desde hacía semanas, Penny la veía más frágil, como si estuviera un poco delicada de salud.

Después de desayunar, bajó de nuevo a la biblioteca.

Como las otras veces, admiró el fresco en el que se representaba la batalla de An Ard y enfiló hacia la mesa de la bibliotecaria, a la que encontró rodeada de ghouls.

–Buenos días, preciosa –la saludó Oronda Beckham mientras le quitaba el polvo a un grueso volumen de *Historias de dragones de Irlanda*–. ¿En qué podemos ayudarte hoy?

–Ayer leí en un libro que teníamos algo llamado «cámara secreta» donde se conservaban algunos libros.

La bibliotecaria frunció el ceño durante un segundo; luego, su rostro se iluminó con una sonrisa.

–¡Ah! Eso ya no existe desde tiempos de Aurelius O'Hara –dijo–. Durante su gobierno, las distintas bibliotecas se unificaron en una sola, que es esta que ves.

–¡Oh! –replicó Penny–. Entonces me interesaría aprender cosas de pócimas antiguas.

La bibliotecaria la miró por debajo de sus gafas doradas con cierta suspicacia, pero estuvo de acuerdo: una astrosaura de su valía podía consultar todo lo que creyera necesario.

La biblioteca seguía medio vacía y solo vio a un par de recolectores copiando recetas de viejos libros tan polvorientos que les hacían estornudar.

Luciérnaga Sidebottom le trajo algunos volúmenes para que los consultara y, mientras los depositaba encima de la mesa, le contó que Defectus seguía a régimen de acelgas.

–Aún arrastra esa indigestión por culpa de los huevos de Pascua.

Penny tuvo atareadas a Oronda Beckham y a un buen grupo de ghouls toda la mañana. Sacaron los volúmenes más viejos de pócimas y elixires, de pociones y mejunjes, pero no encontró lo que que buscaba.

Antes de irse a comer, la bibliotecaria se le acercó con un pequeño librito de hojas roídas por los ratones.

–Es lo más antiguo de que disponemos en Berry Manor –dijo con una mueca–. Si lo que buscas no está aquí, presento mi dimisión.

Penny examinó el volumen: estaba fechado en 1307 y firmado con las iniciales M.E. «Morgan Eggplant», se dijo alborozada. Lo estuvo hojeando a la luz de un candil hasta que leyó el título de un capítulo y se sonrió.

ELIXIR DE NUNCAJAMÁS

Esta pócima me la enseñó un viejo druida del nuevo puerto de Shanghai. Su peculiaridad consiste en que, al ingerirla, cualquiera puede transmutarse en otra persona, criatura o alimaña <u>durante un tiempo limitado</u>.

Su preparación no debería representar ninguna dificultad para un druida medianamente experto. La mezcla es sencilla y sus ingredientes no son difíciles de encontrar. La dificultad radica en los efectos colaterales que produce, ya que transmutarse en otro ser no es moco de pavo. El elixir puede provocar retortijones, mareos, vértigo y posible descomposición intestinal.

XII
XIII
XIV

Ingredientes y modo de preparación:

1. *Machacar abundantes ajos tiernos o cebolletas en un almirez.*
2. *Añadir una ramita de tomillo y una de hierbabuena, mezclar con abundante aceite de oliva.*
3. *Verter media pinta de caldo en la mezcla y remover hasta que adquiera un color verde esmeralda.*
4. *Echar una pizca de mandrágora joven y revolver hasta que hierva.*
5. *Por último, y cuando esté frío, echar algún trozo de la criatura a la que se desee personificar. Un pelo o una uña servirán.*

Nota: No tomar hasta el último momento. Sus efectos pueden ser duraderos o no. Dependerá de la pureza de los ingredientes utilizados.

Penny se aprendió la fórmula de memoria, cerró el libro y lo devolvió a Luciérnaga Sidebotton. A continuación, se despidió de Oronda Beckham y bajó inmediatamente al laboratorio de Rictus Gravenor.

–Estoy un poco aburrida sin Pippa y Noel –se excusó Penny–, y me he dicho que quizás, no sé, podría preparar algún remedio para los animales de Quirón. Nada peligroso, claro.

–¿Qué estás tramando? –se interesó el jefe del laboratorio.

–¿Yo? Nada, quería probar.

La cara que puso fue tan angelical que faltó poco para que le salieran un par de alas en la espalda y echara a volar por el laboratorio.

–¿Quieres jugar a cocinitas?

–Exacto –le sonrió ella.

Rictus Gravenor la observó en silencio y luego asintió.

–Está bien –dijo–, pero nada peligroso. ¿Qué necesitas?

–¡Ay! No sé –disimuló ella–. ¿Qué tal si empiezo con tomillo, ajos tiernos, aceite de oliva y mandrágora?

Al oírla, el jefe del laboratorio empezó a rumiar. No recordaba qué clase de pócima o brebaje podía fabricarse con eso, por lo que creyó que no sería nada peligroso y la dejó a su aire.

Penny encontró los ingredientes en las estanterías del laboratorio y pasó el resto del día elaborando el elixir. Rictus Gravenor se paseaba por allí de vez en cuando y fisgoneaba lo que hacía, a lo que ella respondía con una sonrisa. Hubiera deseado que Pippa y Noel estuvieran a su lado. Sin embargo, tuvo que apañárselas sola y confió en hacerlo bien, para evitar esos desagradables efectos colaterales de los que hablaba Morgan Eggplant.

Cuando terminó de hervir, vertió la pócima en el interior de un pequeño frasco violeta. Luego lo tapó con un corcho y se lo guardó en el bolsillo.

–Gracias –se despidió de Rictus Gravenor.

–Espero que no envenenes a nadie –se sonrió el jefe del laboratorio.

–Espero que no... –replicó ella sintiendo un sudor frío en la espalda.

Esa misma noche, la tercera desde que los Clutterbuck y tío Claudio se habían ido a Gales a perseguir a la equinaqua, Penny cenó con su abuela, su tía y Lucinda Caldwalader en la cocina.

–¿Y Calpurnia? –se interesó Penny al no verla a la mesa.

–Tiene una cita –dijo su abuela mientras le pasaba la fuente con las patatas asadas.

–¿Una cita? –se extrañó Penny–. ¿Con quién?

–Creo que con Archibald Footstep –dijo Lucinda Caldwalader.

Penny no cayó en cuenta de la sonrisa que se dirigían su abuela y su tía. Estaba tan agitada que, al servirse las patatas, un par de ellas se cayeron sobre el mantel.

–¿Te pasa algo, cariño? –se interesó su abuela examinándola–. Te noto nerviosa.

Penny no dijo nada, sino que cenó lo más rápido que pudo y se despidió de ellas:

–Leeré un rato antes de dormir –dijo levantándose de la mesa y dejando su plato en el fregadero.

–Muy bien, preciosa. Hasta mañana.

Las besó para desearles buenas noches y subió a la planta principal con el Señor Hobbs enroscado a sus piernas. Entró en su habitación y dejó el frasco violeta con el elixir encima de la cómoda, junto a los guantes. Después se puso el pijama y se acostó, confiando en abrir los ojos antes de que amaneciera.

5

RUMBO A SKAGAFJÖRÔUR

Penny se despertó cuando el reloj del pasillo marcó las cinco de la madrugada. Se levantó de la cama y se vistió con la vieja capa de dragón chamuscada. Se puso los guantes y metió el frasco del elixir de nuncajamás en el bolsillo. Luego sacó las bridas rojas de la cómoda y bajó las escaleras procurando que los escalones no crujieran. Sin embargo, al llegar al salón, se quedó de piedra. En una de las butacas estaba Lucinda Caldwalader con los ojos bien abiertos.

–Buenos días –saludó la anciana sanadora.

–Ho... hola –repuso Penny.

–¿Esta capa es la nueva moda en Londres?

–No... –balbuceó ella sonrojándose. Su aventura había terminado antes de empezar.

–¿Vas a buscarle? –sonrió comprensiva Lucinda Caldwalader.

–Sí –confesó Penny.

–Yo haría lo mismo, y tu abuela también.

Al oír aquello, Penny se quedó helada y repuso:

–¿Cómo lo sabes?

–Me lo ha dicho, y además me ha pedido que te esperara para despedirte.

–Entonces... –la cara de Penny se iluminó con una sonrisa.

–Nada o casi nada se le escapa a Octavia Berry, querida niña.

–Lo sé –se ruborizó Penny de nuevo.

–Haz lo que tengas que hacer. Tu abuela solo quería saber cuándo marchabas.

Penny se lo agradeció y le rogó:

–No le cuentes nada de todo esto a tía Aurelia y dile a mi abuela que estaré de regreso en unas horas; que no se preocupe, por favor...

–De lo primero tienes mi palabra; de lo segundo... no puedo garantizarte nada.

Penny le sonrió y levantó la trampilla del salón. Luego bajó por los subterráneos hasta la guarida de Ashwhite. Lo encontró, como de costumbre, en el rincón más fresco de la gruta. Roncaba profundamente y, aunque le dio un poco de pena, le pegó un codazo en las costillas para despertarlo.

–¡Ay! –se quejó el dragón, abriendo un ojo.

–Lo siento –susurró ella–, pero necesito preguntarte algo.

Ashwhite bostezó y la miró sin comprender del todo.

–¿A qué distancia se encuentra Islandia? –continuó Penny, sin darle tiempo a contestar–. ¿Has estado?

–Claro que he estado. Está a unas seiscientas millas de aquí.

–¿Y cuánto se tarda en ir?

–¿Nadando o volando?

–Volando, claro –se rio ella.

–Mmm... –rumió él–. ¿A lomos de un dragón viejo, flojucho y feote?

–No –respondió Penny enseguida–. A lomos de uno fuerte, valiente y guapo como tú.

Ashwhite sonrió satisfecho y respondió:

–En ese caso, se tarda menos de una hora –replicó el dragón con otro ancho bostezo.

–¿Vamos?

–¿Ahora? –se extrañó él–. ¿Al Bardarbunga?

–¿Qué es eso?

–Uno de sus volcanes.

–Pues quizás sí –repuso Penny–. No lo sé. De momento, vamos a rescatar a Marcus de la guarida del innombrable.

–¡Ah! Es eso... –dijo el viejo dragón, como si oyera que se lo llevaba de pícnic a Amhuinn.

Penny no esperó más: le colocó las riendas alrededor de las fauces y montó. El dragón se levantó pesadamente, avanzó al trote por la caverna y salió al bosque por el gran arco de hiedra. Después se elevó al cielo de un salto. Un segundo después, cruzó por debajo del arco de flores de Amhuinn y miles de pétalos revolotearon detrás de su cola como una estela multicolor. Penny vio por debajo de sus garras cómo la luna teñía de plata las copas de los abedules y su dragón puso rumbo al norte.

Una hora más tarde, Penny empezó a vislumbrar algo entre la niebla que los había acompañado durante todo el trayecto.

Era casi de día, pero la intensa humareda de los volcanes de Islandia hacía que todo fuera borroso. Sus conos de ceniza rugían y por sus flancos se derramaban ríos de roca incandescente que se abrían paso entre la nieve formando figuras de dragones.

Ashwhite la llevó hasta la pequeña población pesquera de la bahía de Skagafjörôur y se posó en la cima de una loma. La mayoría de las luces estaban apagadas y tan solo se veía cierta actividad en el embarcadero.

–Esto parece muy tranquilo –dijo Penny mirando a todos lados.

–¿Estás segura de que Marcus dijo que iba a Skagafjörôur, o acaso dijo que volaba hacia Skagafjörôur?

–¿Por qué lo dices, Ashwhite? Quizás fue lo segundo.

–Bueno –rumió el viejo dragón–. Por lo que recuerdo, una de las antiguas guaridas de los nigromantes del norte estaba en los interiores del Bardarbunga y no en Skagafjörôur.

–Pues llévame allí. Aquí no hay nada.

Remontaron el vuelo y regresaron hacia las montañas humeantes que habían dejado a su espalda. Los volcanes estaban rodeados de glaciares salpicados de rocas de lava negra. No todos parecían activos, aunque de algunos cráteres se alzaban columnas de humo y ceniza.

Ashwhite aterrizó sobre una gran lengua de nieve en la base del Bardarbunga, que tenía el gran cono agujereado como un queso gruyer. Por algunas de sus grietas se veía la lava anaranjada que chisporroteaba en su interior. Sin embargo, otros de sus agujeros parecían extinguidos.

Penny desmontó y, al llegar a las rocas negras de la base, miró hacia arriba. Sobre su cabeza tenía un agujero por el que hubiera entrado el mismo Ashwhite, pero le pareció más seguro que el dragón aguardase fuera.

–Espérame aquí, ¿quieres? –le dijo–. Entre la nieve pasarás casi inadvertido.

Entonces sacó el frasco de su bolsillo, se quitó la capa y la colgó de uno de sus colmillos.

–¿Ahora no solo hago de taxista, sino que además me utilizas como perchero? –se quejó.

–Un perchero precioso –le susurró Penny al oído.

Luego le besó la mejilla y Ashwhite no pudo replicar. La pequeña Berry le había robado el corazón porque le recordaba mucho a su retetatatarabuela Dora Berry, la íntima amiga de la astrosaura Sigrid de Suecia, con la que también había vivido numerosas aventuras. Sin mediar palabra, Penny trepó a su cabeza y Ashwhite la aupó hasta que pudo encaramarse a las grandes rocas de lava retorcida que formaban la base del volcán.

–Ve con cuidado –le susurró el viejo dragón.

Ella le guiñó un ojo desde arriba y lanzó otro beso. Luego trepó y trepó hasta que dio con un muro vertical tallado en la roca. Allí se abría una puerta de forma triangular hecha con grandes bloques de lava. En los dinteles de piedra se adivinaban unos dibujos y unos signos borrosos imposibles de leer, pero estaba segura de haber dado con una de las puertas de la guarida de los nigromantes del norte. A ambos lados se erguían las estatuas de dos animales, cada uno con tres cabezas que miraban vigilantes hacia adentro y hacia afuera.

Penny tragó saliva y entró por aquella boca oscura. Entonces, Ashwhite la perdió de vista y se echó encima de la lengua de nieve, rogando al gran druida Robustus que la niña saliera con vida de aquella ratonera.

Una vez en la caverna, Penny se tapó la nariz porque olía a rayos. El suelo estaba alfombrado de restos nauseabundos, viejas camisas de cuero y desperdicios de toda clase.

–¡Puaj!

Pero no sintió ese cosquilleo en las manos que la advertía de la presencia de alimañas peligrosas, de modo que empezó a recorrer el túnel sin miedo. Sacó la piedra que le había regalado Quirón meses antes y la luz azulada se avivó, dispersando las tinieblas que la envolvían.

Durante unos minutos avanzó hacia las entrañas del Bardarbunga, oyendo únicamente los latidos de su corazón.

De repente se detuvo. De uno de los corredores que conectaban con el pasadizo principal, le llegó el ruido de unas sólidas pisadas.

Se ocultó detrás de una roca, desde donde alcanzó a ver a dos orcos vestidos con andrajos bamboleándose por el corredor. Los dos eran muy grandes, llevaban un escudo de hierro en la espalda y una cimitarra les colgaba del cinto. Ambos agitaban los brazos mientras hablaban.

–Maldito *concilia* y *maldetos* nigromantes –dijo uno escupiendo al suelo–. *Pudieran* haberse quedado en su madriguera, ¿no *creíste*, Brom?

Penny los perdió de vista en cuanto se adentraron en la oscuridad del túnel. Hasta que de repente oyó la voz ronca de otro orco, esta vez a su izquierda. Ocultó la piedra de luz y, segundos más tarde, el corredor quedó iluminado por la luz anaranjada de la antorcha que alzaba aquel ser repugnante. Igual que los dos anteriores, agitaba las manos y se quejaba:

–¡Aj! Pobre de mí, qué mala suerte *habéis* tenido, guapo. Ese barril de cerveza *estuve* formidable.

Aquel orco era más pequeño que los otros dos. De su cabeza medio calva salían unas orejas grandes y puntiagudas. Sus dientes eran amarillos y llevaba la nariz atravesada por un gran aro.

Era muy feo, pero Penny pensó que no encontraría ninguno más apuesto. Además, los harapos que lo cubrían y su coraza de cuero le irían como anillo al dedo. Así que, cuando le tuvo a unos seis pasos de distancia, salió de su escondite. El orco se detuvo atónito.

–¿Quién *eras* tú? –se sobresaltó.

Antes de que tuviera tiempo de gritar, Penny levantó las manos y, al instante, de ellas salió un chorro de estrellas plateadas que dejó al orco frito en el suelo.

«Un estupendo *Gladius tremebundae*. Muy bien, Penny», se felicitó ella misma para darse ánimos.

Amordazó al orco, le quitó los harapos y lo arrastró hasta detrás de una roca. A continuación, sacó de su bolsillo el elixir de nuncajamás. Arrancó un pelo de la alimaña y lo echó en la botellita. El cabello se disolvió al instante, produciendo una nubecita esmeralda que se evaporó al tocar el techo de la caverna.

A continuación, Penny agitó su contenido, se tapó la nariz y se lo tragó. El espeso líquido se deslizó pesadamente por su garganta y aterrizó en su barriga como si fuera un ladrillo.

–Ya está –dijo con un pequeño eructo–. ¡Burp!

Durante unos segundos no ocurrió nada especial, pero enseguida sus tripas empezaron a hervir. La barriga se le hinchó y tuvo que apoyarse en la pared de lava porque unos dolorosos retortijones empezaron a agitarla por dentro.

–¡Por las barbas del centauro! –se revolvió por el suelo–. ¡Ay! ¡Huy! ¡Ay! ¿Qué es esto? Es peor... mucho peor de lo que imaginaba.

Segundos más tarde, la piel se le arrugó y se volvió de un color gris violáceo. Enseguida sintió cómo le crecían los dientes, y eso fue aún más doloroso. Se tocó la cabeza y comprobó que se le había ahuevado y que su cabello se quedaba ralo y escaso.

–¡Mi melena! –se lamentó.

A continuación, sintió la lengua rasposa y empezó a ver muy borroso porque se le achinaron los ojos. Pero eso no fue lo peor, sino lo que sintió cuando los brazos y las piernas aumentaron de tamaño y se curvaron. Luego sintió mil alfilerazos y le empezaron a crecer pelos gruesos como alambres.

–¡Buf! –dijo tomando aire a bocanadas–. Ahora sí. Creo que ya está.

Pero entonces se percató de que el orco llevaba un aro en la narizota. Tuvo que quitárselo y clavárselo en la suya.

–¡AYYY! –gritó, confiando en que nadie la oyera.

Después se enderezó y se secó la sangre de la nariz. La transformación terminó cuando le crecieron los dedos de los pies con la forma de diez boniatos.

–Mis preciosos piececitos –se lamentó–. ¡Puaj!

Al oler su propio aliento estuvo a punto de vomitar, pero se serenó. Durante unas horas iba a ser un orco patizambo y apestoso al servicio de Cedric Donndubhan.

Sabía que no tenía mucho tiempo, así que se revistió con los harapos de aquel ser. Se puso su coraza de cuero, se ciñó el grueso cinturón del que colgaba una espada herrumbrosa y se colocó el casco, que pesaba un quintal.

–¡Rayos! –se lamentó–. También *apestamos*.

Al oír sus propias palabras, Penny se sobresaltó. Intentó construir bien unas cuantas frases, pero lo único que consiguió decir fue: «No me *sientes* bien del todo», «Esto *erais* mucho peor de lo que *imaginaban*» y cosas así. Quizás su cerebro se había visto afectado por la transmutación y durante las próximas horas sería incapaz de hablar correctamente.

Cuando terminó, se puso de pie y se sostuvo mareada contra la pared de roca.

«O sea, que ser *una* orco *fuese* esto, ¡puaj!», se dijo asqueada. «Ojalá Pippa y Noel *estuvieron* aquí, o mejor no, porque se *partían* de risa».

Empezó a avanzar lentamente por el corredor, pero no era sencillo. Sus piernas estaban torcidas y cada cuatro pasos perdía el equilibrio. No oía otro ruido que el roce de sus pies sobre la roca.

A pesar de que las paredes negras estaban débilmente iluminadas por algunas antorchas, Penny temía que de cualquier recoveco salieran unas manos que la estrangularan. No ocurrió nada de eso, porque la galería terminó abruptamente en unas escaleras talladas en la roca.

Empezó a bajar con cuidado porque los escalones caían en picado hacia una especie de gran plaza de la que nacían otras galerías, como si el Bardarbunga fuera una mina abandonada.

Olía a azufre y el calor era insoportable. Ahora la única luz provenía de los ríos de lava anaranjada que corrían cientos de metros por debajo de ella y de las escasas antorchas clavadas en algunas paredes. De lejos le llegaban chillidos y el restallar de látigos, un ruido que poco a poco se hizo ensordecedor.

Al terminar los escalones se encontró en una plaza grande como Trafalgar Square, donde convergían otros túneles y cavernas. En todos ellos reinaba la agitación. En el interior de algunos adivinó grupos de trols echados junto a hogueras que iluminaban sus rostros de roca. Unos cocinaban en grandes calderos y otros jugaban a los dados o dormitaban.

Tomó el túnel más ancho y se cruzó con varias compañías de orcos, algunos grandes y otros pequeños como ella. Todos andaban deprisa trayendo y llevando cosas y no le prestaron ninguna atención.

Luego pasó cerca de un grupo sentado con las espaldas apoyadas en las paredes de lava. Uno de ellos dijo señalándola:

–*Miran*, Uglúk: es Gork.

Un orco mayor que el resto y más horrible se dio la vuelta y la increpó:

–¡Eh, Gork! Saco de estiércol, *acércame* –le ordenó.

«Así que me *llame* Gork», se dijo Penny.

Sin embargo, ignoró las amables palabras del tal Uglúk y siguió adelante para salir de allí cuanto antes.

–¡Te *ha* dicho que *vengo* aquí, montón de basura! –le repitió el orco.

Penny hizo un gesto con la mano indicando que tenía prisa y el orco se levantó del grupo. Se le echó encima y la agarró por la garganta con unos dedos como garfios, mientras daba a entender que le iba a rebanar el pescuezo. Entonces Penny sintió un ligero escozor en las manos.

–Tú lo *hubiste* querido –susurró a la oreja sucia y puntiaguda que tenía pegada a la boca.

–¿Qué me *habrás* dicho, mamarrach...?

Uglúk no terminó la pregunta. Penny le lanzó una *Agressio impetuosa* que lo catapultó por el aire hasta que se descalabró contra la pared de roca. El resto de orcos se volvieron hacia ellos para ver qué ocurría, pero enseguida siguieron con lo que hacían. Parecían acostumbrados a aquellas breves conversaciones como la que el pequeño orco Gork acababa de mantener con Uglúk.

Penny los saludó con la mano y siguió andando hasta que llegó a otra gran caverna. Sentía la garganta reseca. Al entrar allí, el corazón le dio un vuelco: el pasadizo terminaba en más escalones que descendían hacia lo que dedujo que debía ser el Mitozoo de Lord Donndubhan, por el ruido de cientos de bestias que se adivinaban unos metros más abajo.

6

LA ENTRAÑAS DEL BARDARBUNGA

Las escaleras se le hicieron interminables, pero a medida que bajaba aumentaba la luz, porque de los muros colgaban algunas antorchas.

Al llegar abajo, Penny se percató de que aquello no tenía nada que ver con el Mitozoo de Berry Manor.

Aquella gigantesca caverna estaba repleta de criaturas. Muchas campaban libremente o se peleaban, sin que nadie pusiera orden.

Encerradas en jaulas de gruesos troncos, había alimañas de todo tipo. Pudo ver varios ejemplares de basilisco gigante y acromántulas peludas, grandes como autobuses, confinadas en un gran agujero. Cerca de ellas, en otra gran abertura rodeada de un alto parapeto, se encontraban las tres gorgonas: Euriale, Etsero y Medusa. En sus cabezas crecían serpientes en lugar de cabellos. En ese momento se lanzaban dentelladas, peleándose por un trozo de carne. Vio también la hidra a la que Ashwhite había malherido en Amhuinn. Estaba sentada sobre un montón de huesos y alguna de sus bocas masticaba. Habían recosido sus cabezas con tanto arte que le habían colocado dos del revés.

Atravesó la caverna imitando a los demás, medio cojeando, bamboleando los brazos y rugiendo, pero con los ojos bien abiertos.

El ruido más común era el del restallar de látigos con que los orcos atizaban a las extremidades que sobresalían de las jaulas.

Por el lugar deambulaban también algunos hombres de mirada torva, que avanzaban por los pasillos evitando servir de cena a aquellas bestias.

Siguió adelante hasta que se topó con un tanque lleno de un líquido viscoso y sintió un escalofrío. En su interior danzaban docenas de desuellamentes y extractores, como el que la había atacado durante su viaje en tren el verano anterior.

Docenas de arpías volaban libremente por la caverna, chillando desgarradoramente, hasta que se apiñaron y empezaron a revolotear encima de un grupo de orcos que en ese momento entró en la caverna.

–¡Eh, Gork! –le dijo una voz familiar a su espalda–. ¿Dónde te habías metido? Llevo media hora buscándote. Acompáñame a las cocinas.

Penny se dio la vuelta inmediatamente y vio a Marcus revestido con la túnica negra de los nigromantes del norte, la misma que le había visto la noche que llegó a Shangri-La.

Iba a responderle algo, pero no se atrevió porque detrás de él entraron dos grandes trols de las montañas. Eran verdes y tenían una barriga prominente y ojos maliciosos. Ambos arrastraban grandes mazas por el suelo. Eran muy fuertes, pero no parecían muy inteligentes.

Penny se vio obligada a seguir al grupo hasta que llegaron a otra sala. En el centro ardían tres grandes fuegos y, sobre ellos, algunos trasgos, más menudos que los orcos y de nariz ganchuda, asaban lo que parecía la cabeza de un jabalí.

Otros iban arriba y abajo, cargados con ristras de ajos y cebollas. Tres orcos con delantales de carnicero trinchaban y troceaban la carne y la colocaban en fuentes.

Penny esperó que Marcus la reconociera, pero era consciente de que no se parecía demasiado a aquel pequeño orco vestido de harapos, medio calvo y de ojos achinados en que se había convertido una hora antes.

Marcus sintió la mirada insistente del pequeño Gork clavada en su nuca y se giró hacia él.

–Deja de hacer bobadas, Gork –le dijo impaciente–. Llegamos tarde. El concilio ya ha empezado.

–¿El *concilia*? –dijo Penny sin reconocer la voz ronca y áspera que salió por su boca.

Marcus lo miró de nuevo y chasqueó la lengua:

–Sí, el concilio, mamarracho.

–¡Aj! Ya *habían* empezado el *concilia*... –repitió Penny temblando de la cabeza a los pies.

–Ya lo has oído. ¿Qué te ocurre, Gork? Te noto más atontado que de costumbre. Si has vuelto a emborracharte, ya sabes que el amo te desollará vivo. Anda, coge eso.

Marcus apuntó con su látigo hacia una bandeja llena de pequeñas calaveras que servían de vasos. Penny tragó saliva preguntándose a quién tendría que servirle. No tuvo tiempo de hacer conjeturas, porque uno de los lacayos de mirada maliciosa se la puso en las manos:

–Espabila y síguelos, *idioto*, o terminarás ensartadito en un *asadora* y servirás de cena a los demás.

Penny cargó con la bandeja y con una jarra en la que burbujeaba un líquido humeante mientras otros cogían las fuentes con alimentos, y siguió al grupo hacia una de las puertas abiertas en esa cámara de los horrores.

Marcus marchaba a la cabeza del grupito y de lejos se oía el crepitar del Bardarbunga, cuyas entrañas rugían como si quisiera estallar en cualquier momento. Penny se adelantó al resto para decirle algo, pero un látigo restalló por encima de su cabeza y le pegó en una oreja.

–¡Aj! –se quejó palpándose la sangre negra que empezaba a brotar de ella.

Uno de los trols que los escoltaban gruñó.

–¡*Batsura*, Gork, *batsura*! –le chilló–. ¡*Adetrás*! ¡*Adetrás*!

Marcus se volvió meneando la cabeza y Penny comprendió de inmediato que su hermano era alguien importante en aquel lugar. En cambio, ella era un mero lacayo encargado de servir las bebidas a los integrantes del concilio de los nigromantes.

«Qué oportuna», se dijo. «*Hemos* escogido el momento ideal para *meterte* en la boca del lobo».

Un poco más adelante, el pasadizo se dividió en dos. Tomaron el camino de la derecha, que terminó en una gran cámara abovedada y ovalada como las demás. Entonces oyó las voces roncas y altisonantes de un grupo de hombres y mujeres.

A ambos lados de las puertas de aquella gruta estaban plantados los dos orcos más grandes que Penny había visto jamás, y ambos se dedicaban a sus actividades preferidas: el primero se hurgaba en la nariz con un dedo y el segundo se rascaba el trasero.

Encima de sus cabezas vio colgadas grandes calaveras de animales, unidas por cadenas a una lámpara de hierro que se balanceaba sobre nueve tronos colocados en semicírculo.

Los nueve asientos estaban recubiertos por pieles de dragones, y en esos momentos todos menos uno estaban ocupados.

Penny dejó la bandeja sobre una gran mesa de piedra en una esquina y luego hizo como el resto: pegar la espalda a la pared de roca y quedarse inmóvil.

Entonces pudo observar a los ocho nigromantes uno a uno. En el centro, sentado en el trono más alto y decorado con unas calaveras que hubieran hecho salir corriendo al más valiente, se encontraba Cedric Donndubhan, nigromante del Norte.

Penny ya lo conocía, de haberse enfrentado a él en la Pradera de los Unicornios de Amhuinn. Esa mañana no llevaba el casco con la cresta de cuernos que en agosto le había cubierto el rostro, pero sí la capa de escamas de dragón que le recubría por entero.

Sus hombros eran robustos y sus brazos desmesuradamente largos, pero lo más extraño de todo era la cola que le salía por detrás. Su cara parecía humana, pero saltaba a la vista que no lo era, o al menos, no del todo. Sus cabellos eran largos y blancos y le caían por encima de los hombros. Sus ojos brillaban como dos antorchas. Le parecieron tan fríos y carentes de vida que volvió a estremecerse. En esa ocasión, lo que más le llamó la atención fueron las quemaduras que recorrían su cara y una mano. Se las habían infligido ella y Ashwhite en la Pradera de los Unicornios.

En un escabel a sus pies se sentaba un trasgo de ojos hundidos y boca melosa, listo para tomar nota de lo que se dijera durante ese concilio. Se retorcía las manos nervioso hasta que el innombrable le apretujó una de ellas y se oyó un crujir de huesos rotos.

–Estate quieto, Grim –le ordenó–. Estás poniéndome nervioso.

–Lo siento, mi señor –se lamentó aquella especie de trasgo con un quejido lastimero.

Entonces el innombrable se puso en pie, sonrió mostrando el horror de su boca y se dirigió a los nigromantes que habían acudido a la reunión.

–En primer lugar, permitidme saludaros a todos y cada uno y agradecer vuestra presencia en este concilio. A Próculo de Cesarea y a Herculano de Pompeya, que ya tienen preparadas sus tropas en sus cuarteles cerca del Mar Muerto y del Vesubio, respectivamente.

Dos hombres que se sentaban de lado se levantaron y sonrieron al resto con orgullo mal disimulado.

–Gracias por venir desde Ratisbona, Clodomiro –prosiguió el innombrable.

Un hombrecillo flaco y desdentado, de ojos hundidos y pies muy grandes, se alzó de su sitial y balbuceó unas incomprensibles palabras de agradecimiento.

–También tengo el placer de dar la bienvenida a mi buena amiga Desjardins, de las Galias, que sabiamente ha decidido sumarse a nuestra alianza.

Penny vio horrorizada cómo la tía de Fleur Desjardins, que había asistido al Concilio de Decanos en Berry Manor, se levantaba de su trono y hacía una especie de reverencia.

–En las Galias siempre hemos estado del lado de los vencedores –dijo de modo petulante.

Algunos rostros se inclinaron para verla mejor y la Decana de las Galias se bajó la capucha, mirando complacida a su anfitrión.

–También contamos con Pelagio de Bizancio y la Capadocia –dijo a continuación Cedric Donndubhan.

Entonces, un hombre revestido con una túnica de seda adornada por innumerables piedras preciosas y barba muy bien recortada miró ladinamente a sus compañeros con sus ojos hundidos y se sonrió con una mueca.

–A Fausto de la Germania Inferior –continuó Cedric Donndubhan–, que sumará a nuestras fuerzas las de sus quinientos poderosos gigantes e innumerables orcos negros.

Un hombre bastante grueso, con una papada que le llegaba hasta el pecho, se levantó y miró a los presentes sin abrir la boca. Sus ojos de sapo repasaron de arriba abajo a sus colegas, y luego se sentó con un sonoro golpe de trasero.

–Con Diocleciano de Palmira y Cutberta de la Mauritania –dijo el innombrable.

Y señaló hacia el otro extremo del semicírculo de tronos, donde un hombre y una mujer con las capas recubiertas de polvo se levantaron y saludaron al resto.

–Vamos a reunir más fuerzas que en tiempos de Romulus el Cojo –se frotó las manos Pelagio de Bizancio mientras sus ojos brillaban con malicia.

Penny miró a Marcus. Su rostro reflejaba cierta preocupación, como si estuviera incómodo en aquel conciliábulo, pero no le dijo nada y atendió a lo que decía el innombrable.

–Por último, aunque no por ello menos importante –chirrió la desagradable voz de Lord Donddubhan–, me alegra comunicaros que también contamos con la presencia de Gong Gong, que acaba de llegar desde China. Algunos sabréis que hace unos meses escapó de la cárcel de los Cinco Emperadores y que se dio un paseíto por Shangri-La. Una lástima que su plan no terminara de cuajar porque de nuevo esa asquerosa criatura...

–¿Quién? –se interesó Cutberta de la Mauritania, que era un poco dura de oreja.

–¡La tarada de Penny Berry, por supuesto! –chilló el innombrable escupiendo su nombre–. Desbarató su plan y llegó a Shan-

gri-La con la auténtica decana antes de que Gong Gong pudiera consumar su venganza.

El innombrable iba a añadir algo más, pero entonces entró en la sala una figura envuelta en una capa negra que parecía flotar; cuando se la quitó, Penny supo el porqué: era una arpía, a la que Cedric Donndubhan saludó con deferencia.

–Bienvenida, Eustolia de Samarcanda.

La mujer, si es que era eso, se sentó y chasqueó los dedos hacia Marcus, que le pegó un empujón a Gork. Penny se acercó con pasitos titubeantes para servirle algo de bebida, sin quitar los ojos de los dientes que sobresalían de su boca.

Era igual que las arpías que habían atacado Berry Manor en verano. En esos momentos lamentó no tener cerca al Señor Hobbs para que se transformara de nuevo en una mantícora y diera buena cuenta de ella.

Una vez terminadas las presentaciones, el innombrable sonrió satisfecho y abrió de nuevo la boca:

–Invocaremos a los espíritus de los nigromantes, Dariel, Uzbel y Halel, para que otorguen su fuerza y su sabiduría a este cónclave, pues muchas sabias decisiones han de...

–¡La sabiduría que se la den a este idiota! –estalló Herculano de Pompeya señalando a su vecino de asiento, el Decano de Cesarea.

El innombrable hizo un gesto para aplacarle.

–Todos sabemos que habéis tenido algunas rencillas anteriormen...

–¿Rencillas dices, ilustre Cedric Donndubhan? –estalló el de Pompeya–. Este cafre envenenó los pozos de mis animales creyendo que eran los que usaban los Sherezade.

–¡Eso fue un error, imbécil! –escupió el de Cesarea sin rebajarse a mirarle–. Y tú te vengaste quemándonos las cosechas.

En el momento en que ambos se levantaban para seguir la discusión a puñetazos, otro de los nigromantes señaló al Germano y farfulló:

–¡Pues esto no es nada! Ese piojoso de ahí me debe seis mil monedas de plata.

–¡Eres un cerdo asqueroso, Clodomiro, y lo sabes! –replicó el nigromante alemán–. Te dije que te las envié en un grifo alado con uno de mis hombres de confianza.

–¡Pues nunca llegaron, estafador! ¡Seguro que se las mandaste a tu tía, aquella bruja asquerosa de Aquisgrán!

–Ese no es mi problema, y no hables así de mi familia, ¡gusano!

–¡Eres un tramposo repugnante! ¡Arrasaré tus bosques y haré que te salgan pústulas malolientes en el trase...!

Al oír aquella amenaza, el tal Fausto se levantó de su trono, se acercó a su camarada y le propinó tal guantazo que los pocos dientes que bailaban en su boca salieron disparados hacia todos lados. Luego, el Germano regresó a su asiento y siguió comiendo alitas de pollo, o lo que fuera aquello. Al terminar, se chupó los dedos y escupió los restos hacia el nigromante, que se tapaba la boca con la manga:

–¡Carroña! –le dijo.

–¡Bebecharcos! –replicó el otro escupiendo sangre.

–¡Descerebrado!

–¡Besugo!

Continuaron así durante un buen rato. Lord Donndubhan sonrió complacido. El odio y los reproches habían crecido entre ellos, y eso era bueno. De aquella manera, su ira sería mayor y en sus garras serían moldeables como el barro.

Tras la primera pelea, uno tras otro, se levantaron de sus sitiales para echarse en cara viejas rencillas que nunca habían sido olvidadas ni, por supuesto, perdonadas. Penny asistió al espectáculo contenta de que la armonía que reinaba en aquella gruta fuera muy distinta de la que había visto en el Concilio de Decanos de Berry Manor.

–Marcusss, *escúcheme* –siseó torciendo los labios hacia su hermano.

Al escuchar lo que salía por su boca deforme, Penny se sobresaltó de nuevo. Desde que se había convertido en el pequeño orco, parecía que no supiera hablar correctamente.

–¡Calla, Gork! –le respondió Marcus autoritario–. Tienes la habilidad de interrumpir en los momentos más inoportunos.

–No me *dices* que me *callo* y no soy Gork; soy Berry, Berry Penny –replicó ella, tratando de hablar correctamente sin lograrlo–. ¡Aj! Pero qué estoy *diciéndolo*...

A Marcus casi se le salen los ojos de las órbitas. Estaba convencido de que el orco se había bebido media bodega del innombrable.

Penny era consciente de que era un poco difícil reconocerla tras aquellos ojillos bizcos y achinados, esos cabellos ralos que le caían por la cabeza ahuevada, esa boca desdentada y esos brazos largos y peludos.

–Tendríamos que *hablarlo* –cuchicheó de nuevo mientras tres de los nigromantes se enzarzaban en otra pelea.

–Pues has escogido el mejor momento para hacerlo –le respondió Marcus fastidiado–. El más oportuno, como puedes ver.

El innombrable parecía divertirse y dejó que los nigromantes se enojaran cuanto quisieran, hasta que consideró que era hora de empezar con los asuntos que quería tratar.

Entonces se levantó, agitó las manos hacia el techo de la gruta y de ellas surgió un humo negro. Se oyó un ruido como de mil truenos y Penny tuvo que taparse las orejas puntiagudas que dos horas antes le habían crecido en la cabeza.

7

EL CONCILIO DE LOS DRUIDAS NEGROS

El humo se disipó y Cedric Donndubhan se sentó en su trono en medio de un grave silencio. Aguardó unos segundos y las palabras fluyeron por su boca como el siseo de una serpiente:

–Durante muchos años hemos estado divididos, lo sé. No niego que pueda haber motivos para estas pequeñas desavenencias –sonrió con una mueca viendo cómo Clodomiro de Ratisbona todavía sangraba por la boca–, pero estoy seguro de que seremos capaces de olvidarlas por un breve periodo. Me gustaría señalar que nunca se había dado la coexistencia de tantos astrosauros. El momento es propicio. ¡Unamos nuestras fuerzas en una causa común!

–¿Y lo que ocurrió el verano pasado en Escocia? –preguntó Nicolette Desjardins poniendo el dedo en la llaga.

Algunos nigromantes asintieron y se oyeron algunas maldiciones. Cedric Donndubhan se revolvió incómodo en su sitial, pensando que la impertinente druida de las Galias sería la primera de sus colegas a quien eliminaría. Pero antes tenía que conseguir su objetivo, y no tuvo otro remedio que confesar:

–El verano pasado intentamos destruir el Decanato de Escocia. Si no hubiera sido por esa mamarracha de Penny Berry –rugió–, en estos momentos estaríamos reunidos en nuestro feudo de Ughol Arn. Pero se manifestó como una astrosaura y nos cogió a traición.

Al oír aquello, Penny estuvo a punto de alzar sus manos contra él para dispararle un estupendo *Fulminus instantaneus* que le quitara la odiosa mueca de la cara. Pero Marcus debió intuir algo, la sujetó por la garra y siguió inmóvil con la espalda apoyada en la roca.

–Realmente debes ser Penny –le susurró–, porque estás igual de chiflado que ella, Gork.

–Ya te *los* he dicho, zoquete –repuso ella–. Quizás sea difícil *reconocernos*, pero...

–¿Difícil? ¿Reconocerte? –replicó Marcus con una mueca–. ¡Qué dices! Te he reconocido enseguida. Además, hablas igual que ella.

Penny sintió cómo le rechinaban los dientes en el agujero que le hacía de boca. Iba a replicarle algo, pero la voz del innombrable tronó otra vez por la gruta:

–¡Silencio, vosotros dos! Mi objetivo era ganarla para nuestra causa –prosiguió–. El poder de dos hermanos astrosauros es algo portentoso y brutal.

Al oír eso, Penny pegó un codazo a Marcus.

–¿Lo *han* oído? –siseó–. ¿Has oído lo que *han* dicho? Esto ocurre si *las* astrosauros son hermanos mellizossss, Marcussss, mellizosss...

–¡Chst! –le replicó él devolviéndole el codazo.

Penny se puso una mano en el costado dolorido, pero la cara de su hermano se había vuelto blanca como el papel y respiró aliviada. Parecía que lo había comprendido. El alivio, sin embargo, era relativo, porque estar rodeada por nueve nigromantes, decenas de trols, orcos, arpías y acromántulas no era como estar sentada junto al fuego en Berry Manor comiendo pastelitos.

–Afortunadamente –oyó que decía entonces el innombrable–, cuando Marcus me contó lo ocurrido con nuestra buena amiga la diosa del Namcha Barwa no le di importancia; pero me aseguraré de que la pequeña Berry se pase a nuestro bando o reciba su merecido. Para eso he mantenido a sus padres vivos y... petrificados.

–¿Y eso por qué?

–Para vengarme, Gong Gong. Pero no te preocupes: están a buen recaudo. Además... –se sonrió con malicia–, tengo pensado algo muchísimo mejor, y espero que todos lo disfrutéis conmigo.

Al oír aquello, Penny sintió un primer pinchazo en el estómago que la hizo doblarse un poco hacia delante.

–¿Qué te ocurre, Gork? –siseó Marcus.

–No *somos* Gork. Te *has* dicho tres veces que soy Penny y creo... creo que empiezo a *transmutarla* de nuevo.

La arpía clavó un ojo en el pequeño Gork y en Marcus, que seguían cuchicheando, y después preguntó a Cedric Donndubhan:

–¿Y qué es lo que tienes pensado?

Lord Donndubhan se revolvió un poco incómodo en su sitial. Sabía que tenía que hacer algunas concesiones si quería dejar de lado viejas rencillas y que todos se juramentaran para formar una alianza contra los druidas blancos. Después ya se encargaría de eliminarlos uno a uno.

–¿Qué pretendes? –insistió la arpía.

–Si se niega a sumarse a nuestra causa, haré añicos a sus padres delante de sus ojos. Entonces, si quiere, podrá revitalizarlos, pero no será un espectáculo muy bonito, ¿verdad que no? –se rio, y el resto de los nigromantes con él.

–¿Dónde los tienes? –prosiguió interrogándole la arpía–. No estarán en la Cripta de los Olvidados, ¿verdad, Donndubhan?

Penny sintió un segundo pinchazo en la barriga y un sudor frío le recorrió la espalda.

–*¿Adónde* está eso, Marcus? –torció la boca.

–Ni idea –respondió él, que en esos momentos sentía una terrible confusión dentro de su cabeza.

Lord Donndubhan se inclinó hacia la arpía y la miró directamente a los ojos. Eustolia sintió un pequeño escalofrío.

–¿Y qué? –replicó el innombrable–. ¿Qué pasaría si estuvieran en la Cripta de los Olvidados?

La arpía emitió un agudo chillido de protesta:

–¡Es una locura! ¡La cripta no está protegida!

Lord Donndubhan se revolvió incómodo otra vez. Definitivamente, después de terminar con Nicolette Desjardins, eliminaría a la arpía de Samarcanda.

–¡La cripta está muy bien protegida, Eustolia! –estalló enfurecido–: Romulus, Melinda, Justiniano y muchos otros siguen allí... ¿Lo has olvidado?

La mujer abrió los ojos con terror cuando oyó aquellos nombres y exclamó:

–¿Y los has...? ¿De verdad los has...?

Penny no entendió nada, pero intuyó que debía ser algo muy malo, porque Lord Donndubhan asintió satisfecho y la arpía se excusó:

–En ese caso, retiro lo dicho.

Penny empezó a sentirse muy mareada. El innombrable no había aclarado el paradero de esa Cripta de los Olvidados y Marcus tampoco sabía nada. Sin embargo, Donndubhan no había terminado:

–No solo quiero golpear a la maldita Octavia Berry y esparcir sus entrañas para que sirvan de pasto a nuestras bestias. Quiero terminar con los druidas blancos de una vez por todas, y para eso os he convocado. Quiero sembrar de cizaña su armonía. Quiero que no sepan en quién confiar. Quiero que se peleen entre ellos, que se saquen los ojos y las vísceras –escupió con odio–. Eso es lo que quiero.

Todos los nigromantes batieron palmas alborozados. Durante un buen rato se dedicaron a elucubrar sobre el cuándo y el cómo. Hicieron recuento de sus fuerzas y decidieron que lo mejor era golpear a los más débiles. Lord Donndubhan insistió en que eso era Berry Manor y que contaba con tenerlo todo dispuesto antes de la cosecha del verano.

–Será el momento propicio para morder –concluyó.

–Que la gárgola confunda sus mentes y sus garras heladas estrujen sus corazones –murmuró el nigromante Próculo de Cesarea.

El siguiente que tomó la palabra fue Pelagio de Bizancio y la Capadocia, que se alzó de su sitial y sonrió a la concurrencia.

–Me es grato comunicaros, queridos míos, que me han llegado informaciones fidedignas que anuncian...

–Al grano, Pelagio –interrumpió Cedric Donndubhan.

El hombre siseó algo entre dientes y Penny pudo ver que de su boca salía una lengua de culebra.

–Se hará como mi señor desee –se excusó–. Como decía antes de la interrupción, las informaciones dicen que dos de los astrosauros que se ejercitaron en Shangri-La han decidido adherirse a nuestra causa.

–¿No fueron nueve a Shangri-La? –dijo Herculano de Pompeya–. ¿Y solo hemos conseguido dos?

–Exacto.

–¿Y todos tienen los mismos poderes?

–Más o menos, sí –intervino Gong Gong, que había supervisado los progresos de cada uno de ellos como falsa Decana del Himalaya.

–En Escandinavia ha habido problemas –gruñó Fausto el Germano con una mueca–. Parece que los Olafsson se han posicionado claramente a favor de los druidas blancos.

–No les sentó bien lo que le pasó a su niña –terció Gong Gong–, ese espantajo de Corina.

Penny sintió cómo le hervía la sangre. La bella astrosaura de Suecia había sido atacada por alguien que la confundió con ella.

–¿Quién atacó a esa engreída? ¿Gong Gong? –quiso saber la arpía Eustolia.

–No, no fui yo –replicó la interesada.

–¿Entonces? –insistió la arpía.

–La atacó uno de los astrosauros que están de nuestro lado...

–¿Marcus?

–No –contestó el innombrable mirándole con rencor–. Marcus se negó a hacerlo y por ello ya recibió su merecido.

Penny abrió los ojos sorprendida y recordó aquella otra noche en Shangri-La cuando vio a Marcus charlar con una sombra desconocida. Por lo que decían, otro astrosauro se había pasado al lado de los nigromantes y lo había hecho en su lugar. Penny aguardó a saber quién, pero entonces sintió un tercer pinchazo en el estómago y se dobló de dolor.

–¿Quién la atacó, queréis saber? –dijo Gong Gong–. Fue el joven Pi Chow-Lee, astrosauro de Pekín y, por qué no decirlo también, mi magnífico sobrino.

–Espléndido. ¿Y podemos saber ya quién es el otro maldito astrosauro? –insistió la arpía Eustolia.

Por primera vez durante el concilio, Nicolette Desjardins alzó la voz con una orgullosa sonrisa:

–Obviamente, querida, es mi sobrina Fleur.

Penny sintió cómo le rechinaban los colmillos. Desde que había visto a la Decana de las Galias en ese odioso conciliábulo, ya había intuido que era su sobrina. Sin embargo, lamentó no haber asociado a Pi Chow-Lee con el ataque a Corina Olafsson. Al inicio de la Gran Travesía Blanca, en el circo de Shangri-La, la cola del dragón rojo del astrosauro chino había barrido al pegaso alado de Vishnú Patel. El hindú casi se estrella contra el cañón de la muerte antes de dar la última vuelta al estadio.

Después, cuando las bestias volaban juntas por el cañón de hielo que debía conducirlas hasta la cima del Namcha Barwa, el dragón de Pi Chow-Lee se había abalanzado de nuevo contra Vishnú. Su pegaso había aguantado la embestida como pudo, pero el animal del astrosauro de Pekín siguió empujándolo contra la pared de hielo. Por suerte, Vishnú había tirado de las riendas de su montura en el momento oportuno y, a causa de la inercia, el dragón de fuego se dio contra la pared de hielo y Pi Chow-Lee saltó por los aires, golpeándose la cabeza contra el muro de hielo.

–El hecho es que necesitamos atraer a más –dijo entonces el innombrable–. Solo contamos con Marcus y estos dos. Hemos de seducir a los demás, pero, ocurra lo que ocurra, a principios de verano nos dirigiremos a Cairngorms y estableceremos nuestros cuarteles allí.

Todos los druidas negros estuvieron de acuerdo. Por su parte, Penny estuvo segura de que el nombre de Cairngorms le resultaba familiar y cayó en la cuenta de se trataba de una gran montaña que aparecía en uno de los mapas del salón de Berry Manor. Lo peor era que se encontraba a pocos días de Amhuinn.

Lord Donndubhan se levantó satisfecho y pronunció unas extrañas palabras en una lengua olvidada. Luego, los ocho nigromantes se cubrieron la cabeza con las capuchas como si fuera parte de un ritual, sacaron unas afiladas dagas que habían mantenido ocultas entre sus mantos, las deslizaron sobre sus brazos desnudos y la sangre negra empezó a correr por ellos.

–Y ahora bebamos para celebrar este pacto de sangre –anunció el anfitrión–. ¡Las copas!

El innombrable hizo una señal a Marcus, que dio un codazo a Gork. Penny tuvo que recoger la bandeja llena de calaveras humeantes y acercarse, uno a uno, a los druidas negros.

Todos ellos las alzaron, y en el momento en que Cedric Donndubhan iba a pronunciar las palabras del brindis, ella sintió otra terrible punzada en las tripas.

–¡Oh, no! –musitó al presentir que los efectos del elixir de nuncajamás llegaban a su fin–. Ahora no, ahora no...

Marcus se volvió, porque la piel oscura y rugosa de Gork se estaba volviendo suave y rosada. Un minuto después, se le empezó a caer el vello de los brazos, sus rasgos se dulcificaron y, poco a poco, la cara de Penny Berry apareció donde antes había un orco.

–¡Aj! –balbuceó ella mientras los retortijones la doblaban como un cuatro.

Marcus se quedó helado. La auténtica Penny, vestida con andrajos, estaba delante de Eustolia ofreciéndole una humeante calavera con olor a azufre.

–¿Pero qué le ocurre a este orco? –se rio la arpía bebiendo–. Creo que destiñe... Que lo echen de merienda a las acromántulas.

Los nueve nigromantes vieron cómo Gork empezaba a echar espumarajos por la boca. Marcus se agachó junto a él porque sabía lo que estaba ocurriendo. Debajo del casco podía distinguir ya el cabello rubio de Penny y sus ojos verde esmeralda.

La alzó por debajo de los brazos y la arrastró hacia la salida, pero en ese momento Lord Donndubhan miró hacia el pequeño Gork, sin creer lo que veía. Se levantó de su sitial y bramó:

–¡Un momento!

Se acercó a él, le quitó el casco y agarró a Penny por el cabello rubio, que ya le había crecido por completo. Esperó a que la transformación siguiera lentamente su curso y, al reconocer aquellos rasgos y aquellos ojos, se rio. Luego la alzó por los cabellos y la mantuvo en vilo.

–Esta es la mamarracha de la que os hablaba. Esta es la inmundicia que me quemó. ¡Este es el bicharraco inmundo que desollaré con mis manos y echaré a la hidra! –rio triunfal–. Y para alimañas así solo tenemos un lugar en las entrañas del Bardarbunga: ¡a la mazmorra con ella!

Mientras los demás nigromantes seguían impertérritos el espectáculo, Marcus avanzó unos pasos hacia él.

–La llevaré yo –dijo.

El innombrable titubeó durante unos segundos, le miró con suspicacia y ordenó:

–¡No, tú no! Que lo hagan Krum y Krom –dijo señalando a los dos orcos que montaban guardia al lado de la puerta.

Los dos esbirros dejaron de rascarse el trasero, gruñeron y se bambolearon hasta llegar delante de su señor, que les lanzó el fardo. La agarraron uno por cada brazo y Penny sintió que dos tenazas se le clavaban en la carne, pero no podía pensar ni quejarse porque el dolor de la transformación solo le permitía respirar.

Los dos orcos la arrastraban para sacarla de allí cuando oyó las últimas palabras que pronunció el innombrable:

–Te veré cuando despida a mis huéspedes. Y nos vamos a divertir... Ya lo creo que sí.

Lo último que vio antes de que se la llevaran fueron los ojos aterrados de Marcus, y a pesar de las náuseas y los retortijones, eso la reconfortó.

Los dos guardias la condujeron a golpes por infinitos corredores durante lo que le parecieron horas, y después la bajaron a trompicones por unas escaleras mientras gemía de dolor y ellos hablaban en aquella lengua abominable.

–¡Aj! El amo *han* dicho que se divertirá. ¡Jo, jo, jo!

–*Esperando* que nos deje participar.

Penny prefirió no escuchar la horrible conversación. Convertirse en ella misma había sido mucho peor que hacerlo en Gork, y entonces comprendió por qué Morgan Eggplant había bautizado el elixir con el nombre de «nuncajamás»: quien lo probaba una vez no lo volvía a hacer en su vida.

Al llegar al nivel más profundo del volcán, la empujaron por un estrecho puente de piedra que cruzaba por encima de un mar de lava burbujeante. Aquí y allá, el líquido incandescente salía despedido por el aire en forma de llamaradas que lamían el techo de la gruta.

Sus guardianes se detuvieron frente a media docena de mazmorras excavadas en la roca y protegidas por gruesos barrotes de hierro. A empellones, la obligaron a entrar en una de ellas. Luego la tumbaron encima de una fría mesa de piedra que se encontraba en el centro y registraron sus andrajos. Le quitaron la espada y le ataron fuertemente manos y pies a ese potro de tormento.

Al verse de aquella manera, a Penny le vino a la cabeza la imagen de Marcus atado mientras el señor oscuro le marcaba a fuego como si fuera un ternero.

–Ya *verán* cuando el amo termine contigo. ¡Ja, ja, ja! No te reconoceremos –dijo el que tenía los colmillos más retorcidos–. ¿Verdad, Krum?

–Cierto, Krom. El amo se *irá* a divertir mucho. Espero que nos *deja* algunas sobras. Quizás algunos huesos.

–Eso –asintió el repugnante animal terminando de apretarle las cuerdas salvajemente–. *Lo* menos, los huesos.

Los dos grandes orcos terminaron su encargo y cerraron la puerta dando un golpe tan brutal que las paredes de la celda se tambalearon. Entre risas, sus voces amenazantes se alejaron por el puente.

La mutación aún no había terminado del todo, porque Penny sentía cómo los brazos y las piernas se le acortaban. No solo le dolía el cuerpo, además sentía mil alfilerazos en la cabeza porque el innombrable había tirado muy fuerte de su melena cuando la había levantado del suelo.

Luchó durante un rato en vano tratando de librarse de las ataduras, pero enseguida perdió el conocimiento.

8

UNA CELDA MALOLIENTE Y OSCURA

Marcus sabía que, en cuanto su señor despidiera a los nigromantes que regresaban a sus bosques o a sus cuevas, lo primero que haría sería bajar a las mazmorras para tratar aquel *asuntillo*, como lo había calificado con desprecio.

Procuró descender hacia las mazmorras sin ser visto, mientras rumiaba todo lo que acababa de oír durante el concilio y lo que Penny Berry le había dicho. No había olvidado que gracias a ella había resultado vencedor de la Gran Travesía Blanca. Además, la gente que la había acompañado a Shangri-La, y que había tenido la oportunidad de conocer durante la noche de su triunfo, no le había parecido una amenaza. Todos le habían parecido amables y le habían tratado con afecto, especialmente aquella anciana a quien Penny había llamado «su abuela» y aquella otra mujer que le había mirado con ojos enrojecidos y a quien Penny había presentado como «su tía».

Durante un instante, y sin saber por qué, paladeó el regusto de una deliciosa tarta de frutas que había probado en la cima del Namcha Barwa, y la llamita que había brotado en su interior en la montaña de nieve surgió de nuevo, pero esta vez transformada en una hoguera de proporciones considerables.

No, Penny Berry no era una amenaza, y decidió que lo justo era liberarla. No podía creer que fuera su hermana, aunque tampoco sabía qué podía significar eso exactamente.

Estaba a punto de contrariar de nuevo a su señor, como había hecho en Shangri-La, y los latigazos que había recibido por ello le escocieron un poco. Decidió que no le importaba que volvieran a castigarlo y eligió los pasadizos en desuso del Bardarbunga para descender hasta las entrañas del volcán.

Con estos pensamientos, llegó al corredor que discurría sobre el lago de lava ardiente. Había pasado por allí algunas veces, pero no recordaba que el calor fuera tan sofocante ni que costara tanto respirar. Lo atravesó corriendo y se plantó delante de las mazmorras del Bardarbunga sin cruzarse con nadie. Enseguida empezó a forzar la cerradura de la única celda que estaba ocupada.

Penny abrió los ojos, aturdida, pero no pudo ver nada. La cabeza le daba vueltas a causa de un golpe. Además, aún sentía algo que revoloteaba en su barriga y todo era borroso. Sabía que los efectos del elixir de nuncajamás iban a ser malos, pero no tanto.

En cuanto sus ojos se acostumbraron a la oscuridad, se dio cuenta de que estaba en una celda, atada de pies y manos a una especie de tosca mesa de roca.

Intentó forcejear con las cuerdas que la atenazaban, pero desistió al poco rato. Entonces miró hacia delante y se le heló la sangre. De la pared que tenía enfrente colgaban una docena de horripilantes instrumentos de tortura. Luego giró la cabeza hacia la derecha y lo único que distinguió fueron los gruesos barrotes de la mazmorra y los reflejos anaranjados de la lava que chisporroteaba y crepitaba como un gigantesco caldero.

No sabía cómo había concluido el concilio de los nigromantes, pero había oído más que suficiente. Un gravísimo peligro amenazaba Berry Manor. Tenía que escapar como fuera, volar hasta allí y avisar a todos de los planes de los nigromantes y de su intención de asentar sus cuarteles en la montaña de Cairngorms.

De pronto, oyó un ruidito metálico en la cerradura y sintió un nudo en la garganta. Cuando giró la cabeza, pudo adivinar una delgada silueta que abrió la puerta y penetró en la celda.

El recién llegado la observó en silencio. Penny no le reconoció hasta que se quitó la capucha. Entonces, los cabellos rubios y la ancha boca de su hermano le arrancaron la primera sonrisa desde que había entrado en el volcán.

–Ho... hola, Marcus –le saludó.

Tenía la mandíbula dolorida y un gran moratón en la frente. Además se sentía fatal; la cabeza le daba vueltas y ni siquiera podía pensar.

–¿A qué has venido? –preguntó él.

–Para verte –repuso ella suspirando. Al menos ya podía hablar como siempre.

–¿A mí? –se extrañó él.

–¡Pues claro! A verte y a llevarte conmigo... Ya has oído lo que ha dicho el innom... Donndubhan durante la... esa reunión.

–Sí, lo he oído todo –palideció él.

–Dos astrosauros solo tienen ese gran poder si son mellizos. Sabes lo que es un astrosauro, ¿no?

Marcus respondió con una mueca.

–¿No recuerdas cómo logramos eliminar a la diosa Durga?

–Sí...

–Pudimos hacerlo porque nacimos mellizos, Marcus. ¡Somos hermanos!

Marcus, por primera vez, la miró de un modo distinto.

–¿Qué son mellizos? –le preguntó.

–Mellizos son dos hermanos que han nacido a la vez –le susurró Penny–. Llevan la misma sangre. Tienen los mismos padres.

–¿Padres?

–Los mismos progenitores –dijo ella tratando de buscar la palabra más adecuada–. Somos de la misma camada...

–¡Ah! Ahora entiendo. O sea que...

–Exacto –dijo Penny sintiendo un nuevo retortijón en la barriga.

Marcus pareció recapacitar durante unos segundos y luego susurró:

–Puede... Pero... ¿cómo lo has hecho? ¿Cómo te has transformado en el borrachín de Gork?

–Con el elixir de nuncajamás –balbuceó ella–. Tengo el frasco en el bolsillo.

Marcus metió la nariz en la botellita y exclamó:

–¡Apesta a azufre!

–¿Azufre? ¡Ay! –se lamentó Penny, que sabía poco de pócimas, pero lo suficiente como para comprender que había cometido un grave error–. La cogí del laboratorio de Rictus.

–¿Y no preguntaste qué contenía? Nunca debes mezclar una poción con azufre. ¡Es veneno!

–¿Y es peligroso?

Marcus no respondió, sino que miró a su alrededor. La llama que había sentido en la cima del Namcha Parwa, y que un rato antes había vuelto a sentir, empezó a cobrar una fuerza inusitada.

Sabía que no había tiempo que perder. A esa hora, los nigromantes ya debían estar en los establos para recoger sus monturas. Penny estaba envenenada y necesitaba encontrar un antídoto para el azufre que corría por sus venas. Intentó romper las cuerdas que la ataban a la mesa de piedra, pero no tenía fuerza suficiente.

–No hay manera de liberarte –balbuceó–. Lo primero es encontrar el antídoto. Creo que en...

No pudo añadir nada más porque, de pronto, se empezaron a oír unas fuertes pisadas procedentes del puente que cruzaba el mar de lava. Segundos después, la puerta de la mazmorra se abrió de par en par y una gran sombra se recortó en ella.

Marcus tuvo el tiempo justo para esconderse debajo del potro de tormento. Penny sintió que se le helaba la sangre.

–Bienvenida, pequeña Berry –la saludó una voz cavernosa–. No sabes cómo me alegra verte.

El innombrable sonreía y en su boca torcida se dibujaban todo el odio y el rencor del mundo. Se estaba recreando en la venganza que había preparado durante años.

–He de confesar que, por un momento, tu disfraz de Gork me ha engañado –continuó–, pero ahora podremos hablar y decidir sobre tu futuro.

Penny sintió un nudo en el estómago. Su voz le pareció igual de desagradable y repugnante que en la Pradera de los Unicornios, como si al hablar arrastrara un clavo por un plato, pero a la vez tuvo que admitir que era convincente y autoritaria. No le respondió; desde hacía rato forcejeaba con las cuerdas que la mantenían inmóvil. Marcus, a su vez, había sacado un cuchillo y las estaba cortando.

–En Amhuinn me lanzaste un *Fulminus instantaneus*, ¿verdad? Eres buena y tienes un gran poder. Juntos podemos hacer grandes cosas.

Penny continuaba callada y forcejeando con las cuerdas.

–Lo que no termino de comprender –continuó el innombrable, acercándose demasiado a ella– es por qué has decidido correr este riesgo. Me parece una gran estupidez.

–¡Porque me arrebataste a mis padres y a mi hermano! –estalló Penny mientras una rabia incontenible le crecía en el pecho.

–Eres tozuda...

–¡No sabes cuánto! –replicó ella, impertinente.

–¿Y has venido aquí a rescatar a Marcus? –se rio el innombrable–. Eres más idiota de lo que pensaba. Como has comprobado, tu hermanito me es absolutamente fiel. ¿Sabes qué hice cuando regresó y me dijo que se había negado a atacarte en Shangri-La?

–¡No, no quiero saberlo! –escupió ella, indignada.

El innombrable esbozó algo parecido a una sonrisa y replicó:

–Pues no será nada comparado con lo que haré contigo si te niegas a...

–¿A qué?

–A sumarte a nuestras fuerzas, por supuesto.

–Puedes esperar sentado, ¡monstruo! –estalló ella, que a cada segundo sentía que las cuerdas se aflojaban.

La falsa sonrisa en la boca de Cedric Donndubhan desapareció al instante. Alzó un dedo señalándola y Penny sintió que una garra le apretaba el cuello y empezaba a ahogarla. Luego, el innombrable se inclinó y Penny quedó paralizada por el horror que había en sus ojos.

–¡Marcus! –se escapó de sus labios.

–¡Ja, ja, ja! ¡Marcus, Marcus, Marcus! –estalló asqueado el innombrable–. Otra vez Marcus... ¡Siempre el dichoso Marcus! Tu hermanito está arriba, con los orcos.

«Que te lo has creído», pensó Penny.

–No sabes el placer que he sentido durante todos estos años convirtiendo al nieto de Octavia Berry en un simple orco. Y ahora mi venganza será perfecta porque, si te niegas a lo que te he pedido, la DAF de Escocia recibirá los restos troceados de su nietecita de manos de su otro nieto. Probablemente, solo los huesos, una vez la hidra haya... ¿No te parece ingenioso? –suspiró–. Pero antes me apiadaré de ti. No, no sufras. Prefiero que no veas todo eso. Por eso, antes te sacaré esos ojos verdes tan asquerosos; luego te cortaré la nariz y los...

Entonces se oyó un gemido debajo de la mesa y Donndubhan se incorporó extrañado.

–¿Hay alguien más aquí?

–Solo mi dragón, Ashwhite –gruñó Penny, que sentía las manos casi libres–. Lo he escondido debajo de la mesa.

–¿Aún estás de humor para gastar bromas estúpidas? –sonrió con malicia el innombrable–. Se te pasará enseguida...

Marcus, que lo había oído todo, sintió una gran rabia, y en cuanto oyó al innombrable desenvainar su cuchillo, se incorporó y gritó:

–¡NOOO!

Su grito pilló desprevenido al nigromante. Por un momento no entendió por qué veía dos ojos idénticos a los de Penny junto a los de la condenada niña, y lo más extraño era que los cuatro brillaban como esmeraldas.

Marcus aprovechó ese momento de desconcierto y se abalanzó sobre él.

–¿Tú...? ¡Tú! ¡Repugnante traidor! –gritó el nigromante al reconocerle–. ¡Debería haberlo intuido!

Los dos forcejearon durante unos segundos, pero enseguida Cedric Donndubhan le retorció un brazo y Marcus gimió de dolor.

–¡Con lo que he llegado a quererte! –exclamó el innombrable.

Eso era más de lo que Penny podía resistir.

–¡Quien ama a los suyos no los marca a fuego! –replicó.

Marcus miró las quemaduras que llevaba en el brazo, la C y la D entrelazadas como dos serpientes, y entonces recordó una noche lejana, un niño pequeño, una mesa de piedra y un dolor terrible en el hombro.

–¿Así me agradeces que cuidara de ti como un padre cuando te abandonaron? –escupió el innombrable.

–¡Tú no eres mi padre! –contestó Marcus volviéndose hacia él. Penny sintió un gran alivio y a la vez un terrible escozor en las palmas de las manos–. ¡Ella es mi hermana!

–Entonces, si no soy tu padre, ya no te necesito –y diciendo eso, Lord Donndubhan le clavó una garra en el cuello–. ¡No volverás a ver la luz del día, maldito Berry!

Penny estalló de rabia al ver cómo la sangre brotaba del cuello de su hermano. Tensó todos los músculos de su maltrecho cuerpo y, en un último esfuerzo, rompió las cuerdas. Mientras el innombrable se deshacía del cuerpo de Marcus, se levantó y alzó las manos contra él.

–¡No volverás a tocar a mi hermano! –gritó echando fuego por los ojos–. ¡Púdrete donde puedas, mamarracho!

Al instante, un chorro de chispas rojas salió de sus manos, impactando en la espalda del nigromante y catapultándole contra una de las paredes. La rabia y el terror de Penny eran tan grandes que el fogonazo de luz los cegó a todos durante un instante. Luego saltó de la mesa de piedra y se abalanzó sobre Marcus.

–¿Estás bien?

Él asintió dubitativo, porque empezaba a sentirse mareado. Sabía que había sido envenenado desde el momento en que el innombrable le había clavado las uñas. El veneno ya corría por sus venas y su temperatura había empezado a subir. Sin embargo, no le dijo nada a Penny; así, al menos ella podría salvarse.

–¿Sí? –le dijo Penny ayudándole a levantarse–. ¡Pues salgamos de aquí!

El *Fulminus instantaneus* había dejado al innombrable aturdido durante unos segundos, pero empezó a incorporarse lentamente y se volvió hacia la puerta abierta de la mazmorra.

Para entonces, ellos ya habían cruzado el puente y habían empezado a subir las escaleras hacia los túneles, que Marcus conocía al dedillo. Estaban ya muy arriba cuando oyeron el rugido de Lord Donndubhan resonar en aquel laberinto:

–¡Guardias! ¡Krum! ¡Krom! ¡GUARDIAS!

Inmediatamente, docenas de agudos cuernos empezaron a sonar por las entrañas del volcán y aquel enjambre de túneles se llenó de carreras y de terror, de entrechocar de escudos, espadas y lanzas. El hormiguero había despertado.

Penny, mareada, avanzaba a trompicones mientras arrastraba a Marcus, que pesaba cada vez más.

–¡Corre, corre! –gritó al ver que se quedaba rezagado.

Subieron unas escaleras que parecían no tener final mientras cientos de orcos y trols les pisaban los talones. Tras el último peldaño llegaron a una especie de distribuidor, de donde partían nuevos túneles. Marcus balbuceó algo apuntando con un dedo hacia su derecha. Penny cargó con él y corrió en esa dirección justo en el momento en que los orcos les disparaban con sus arcos.

Flechas de penachos negros silbaron muy cerca de sus oídos y un segundo más tarde impactaron en las paredes del pasadizo. Penny siguió corriendo, con el corazón a punto de estallar, hasta que vio la débil luz del atardecer.

Pero antes de alcanzar la salida del volcán, escucharon los rugidos y las pisadas de una compañía de orcos.

Sus voces roncas y sus aullidos se multiplicaban feroces y agudos. Dos trols de las montañas corrían también tras ellos con las cabezas agachadas mientras blandían sus armas.

Cuando ya casi podía olerlos, Penny se volvió y levantó las manos.

¡¡¡FLASH!!!

Un fenomenal *Gladius tremebundus* chamuscó a los orcos que iban en cabeza, que aullaron de dolor. Los que corrían detrás saltaron por encima, y Penny tuvo el tiempo justo para tirar de Marcus, que no se tenía en pie, y escalar los peldaños. Tenían que llegar arriba y salir de una vez.

Durante la subida, se volvió varias veces para obsequiar a sus perseguidores con varias *Mortis subita* y algunas *Agressio impetuosa* que llenaron el túnel de luz y gritos de horror.

Al llegar al último peldaño, cerró los ojos a causa de la intensa luz. Al abrirlos comprobó que se encontraban prácticamente en la cima del volcán, a unos pocos metros del cráter del Bardarbunga, que escupía volutas de humo negro.

Entonces dejó a Marcus sobre una roca y miró hacia abajo buscando a Ashwhite, pero no lo encontró por ningún lado. El agujero por el que habían salido daba a una especie de balcón que caía a plomo sobre el glaciar.

–¡No podemos bajar por aquí! –se lamentó al ver los acantilados a sus pies–. ¿Qué te ocurre, Marcus?

–Las garras, sus garras... Me ha envenenado.

–¿En... envenenado? –palideció ella.

–Sí... Pero... ¿Sabes? Tenías razón...

–¿En qué?

–En que somos hermanos, boba.

Entonces Marcus perdió el conocimiento. Penny sintió que los ojos le ardían. Se los secó con los harapos y gimió:

–¡Aguanta, Marcus, aguanta! ¡Por lo que más quieras, Ashwhite, te necesito, te necesito como nunca! ¿Dónde estás?

Luego miró hacia arriba y vio cómo los nigromantes salían entre el humo del cráter a lomos de sus bestias.

Primero, el grifo alado de Nicolette Desjardins; tras ella, Fausto el Germano sobre un pegaso. Tras él salieron Herculano de Pompeya y Clodomiro de Ratisbona, y luego los demás. La única que lo hizo por sus propios medios fue la arpía Eustolia, que se alzó sobre el humo del volcán profiriendo un chillido que hirió hasta las nubes.

9

UN VENENO MORTAL Y UN ENFADO MONUMENTAL

Ashwhite dormitaba en la base del Bardarbunga hecho un ovillo. Al oír aquel aullido, abrió los ojos y miró hacia el cráter.

Los berridos que provenían de la boca del túnel por el que Penny había arrastrado a Marcus eran cada vez más cercanos. Aunque se encontraba mareada y herida, sacó el cuerpo por encima de las rocas y entonces vio una mancha blanca que se desenroscaba y se levantaba de la nieve.

–¡¡¡ASHWHITE!!! –gritó–. ¡¡¡Ashwhite!!! ¡Aquí! ¡Aquí!

El viejo dragón alzó el cuello como si le hubieran pinchado las posaderas con una horca y emprendió el vuelo. Sobrevoló el volcán aguzando la vista. Al principio solo distinguió orcos y otras criaturas que salían por las bocas negras de aquel hormiguero.

Le costó medio minuto dar con ellos, pero luego, en el lado sur del volcán, vio dos pequeñas figuras que se sostenían una a la otra. Aunque lo peor no fue ver cómo trastabillaban, sino que tenían encima una compañía de orcos que salían por las aberturas como enjambres de escarabajos negros.

Por debajo de ellos, dos gigantescos trols sacaron la cabezota por otro agujero del volcán y empezaron a trepar por las rocas igual que arañas. Escalaban hacia la repisa donde Penny sostenía a duras penas a su acompañante.

Ashwhite aspiró con todas sus fuerzas y, un segundo más tarde, un chorro de lava ardiente salió por sus fauces.

¡ROARRR!

El fuego achicharró a los trols, que se precipitaron por los acantilados aullando.

En la segunda pasada, arrasó con sus garras a una compañía entera de orcos y aterrizó a escasos metros de Penny y Marcus. Se sorprendió al ver a Penny vestida con harapos y con un casco en la cabeza. Su pelo rubio era inconfundible, pero tenía el rostro macilento y se tambaleaba.

Marcus estaba mucho peor. Tenía la cara verde y, en el cuello, unas feas heridas que goteaban sangre.

–¿Es Marcus? –se asustó–. ¿Nuestro Marcus?

Penny asintió y le miró con los ojos enrojecidos. Entonces, el viejo dragón se interpuso entre ellos y los orcos que salían por la gruta. Notó una docena de dardos en el trasero y se volvió con la boca abierta para lanzarles otra llamarada mientras Penny subía a Marcus a su lomo y aseguraba sus bridas.

–Apenas le noto el pulso –gritó–. ¡Vuela, Ashwhite! ¡Vuela a Berry Manor antes de que sea demasiado tarde!

El dragón frunció el ceño y, de un salto, emergió por encima del humo del volcán. Batió sus poderosas alas y se elevó al cielo negro del Bardarbunga. Apretó los colmillos para volar como nunca lo había hecho, mientras los esbirros de Donndubhan seguían lanzándoles flechas de penachos negros. Sin embargo, no había nada que hacer contra un dragón milenario que despegaba de la montaña como un cohete.

Estaban ya a media legua de allí cuando por las galerías del volcán resonaron los juramentos de Cedric Donndubhan, que amenazaba con golpear a Octavia Berry donde más le doliera y cuando menos se lo esperara.

Era ya noche cerrada cuando Ashwhite aterrizó frente a Berry Manor. En cuanto tocó el suelo, Penny y Marcus cayeron de su grupa como dos fardos. Entonces, el viejo dragón rugió con todas sus fuerzas para avisar a todos.

¡ROARRR!

Las primeras en acudir fueron Caribdis y Oribdis, que aterrizaron a su lado y contemplaron el espectáculo sin atreverse a preguntar. La segunda acercó su hocico a los dos pequeños cuerpos sobre el césped y sus ojos se llenaron de terror: estaban helados como un témpano y no se movían.

Un segundo más tarde, se encendieron todas las luces de la mansión y la abuela Octavia, tía Aurelia y Lucinda Caldwalader salieron al jardín. Mientras, Ashwhite intentaba darles algo de calor con su hocico. No hizo falta que les dijera nada, porque las tres se abalanzaron enseguida sobre los dos cuerpos helados.

–Cuidad de Marcus... –balbuceó Penny al notar que la alzaban del césped.

La abuela Octavia sintió un terrible escalofrío. Penny todavía hablaba y se movía un poco, pero Marcus estaba tieso como una estalagmita. Tía Aurelia no pudo reprimir un chillido de terror cuando su madre puso una mano en la frente de su nieto.

–Aún respira –dijo aliviada–. ¡Rápido! Estas heridas no me gustan nada. Mirad el color de su piel. Aurelia, ve a Pitlochry a buscar a Calpurnia. Lucinda y yo los bajaremos al Mitozoo y despertaremos a Quirón.

Tía Aurelia no titubeó ni un segundo. Corrió hacia el Mondeo en pijama, montó en él y arrancó de inmediato. El vehículo derrapó sobre la grava y desapareció hacia el pueblo levantando una gran polvareda.

–No me preocupa Penny, sino él –le dijo la abuela Octavia a Lucinda con los ojos empañados en lágrimas–. Qué manera de llegar a casa, hijo mío... ¡Qué manera de llegar a *tu casa*! Pero no hay tiempo para lamentarnos. Cada minuto que pase sin un antídoto será peor.

Entre las dos los llevaron a los subterráneos. Allí, la doctora Sparks se encargó de Penny. Por suerte, la cantidad de azufre que había ingerido no había sido mucha, y estaba más agotada y mareada que otra cosa. En cambio, Marcus...

Tía Aurelia y Calpurnia Clutterbuck llegaron diez minutos después al Mitozoo y se pusieron de inmediato a fabricar el filtro de reparación de daños.

A Penny, los efectos del elixir de nuncajamás se le pasaron en unas horas, así que la trasladaron a su habitación. Se despertó a media mañana exhausta, dolorida y vendada por todas partes. Le dolía la nariz, pero el agujero por donde había hecho pasar el aro de Gork había empezado a cicatrizar. Lo peor era que se sentía vacía por dentro.

Su tía estaba sentada a su lado y respiró aliviada al verla abrir los ojos. Le acercó un vaso a los labios resecos y le ordenó que se lo bebiera con una pajita. Penny sorbió el líquido y al instante reconoció el gusto a miel del FRD.

–Lo ha preparado Calpurnia –le dijo su tía.

–Lo sé –musitó ella–. ¿Y Marcus? ¿Cómo está?

–Están con él, no te preocupes –dijo su tía–. Creo que lo peor ya ha pasado.

–¿Seguro?

–No, seguro no –le confesó ella bajando los ojos, que enseguida se llenaron de lágrimas.

Penny sintió que le quemaban las entrañas y sollozó:

–Lo siento, tía Aurelia. Todo ha sido culpa mía. No tenía que haber...

–No, cielo –la interrumpió poniéndole un dedo en los labios amoratados–. No ha sido culpa tuya. Tu intención era buena. Absurda, loca y arriesgada, pero buena al fin y al cabo.

Penny bajó los ojos avergonzada y tía Aurelia continuó:

–No fuiste tú quien se apoderó de tu hermano once años atrás, cariño. Ni fuiste tú quien petrificó a tus padres. En todo este asunto solo hay un culpable. Tú has hecho lo que te ha dictado tu corazón, bendita seas. Nadie puede culparse por querer hacer el bien.

Sin embargo, esas dulces palabras no aliviaron en nada el vacío y la tristeza que habían invadido el corazón de Penny.

Su tía le contó que el caso de Marcus era muy complicado. Las garras del nigromante habían atravesado su piel y había recibido una dosis letal de veneno. Su temperatura subía y bajaba de modo alarmante. A veces hervía y otras estaba helado como un cubito de hielo.

Calpurnia Clutterbuck ya había preparado todas las pócimas que conocía y con frecuencia miraba de reojo a Quirón, quien en todos sus años de ejercicio no había visto un envenenamiento tan antiguo y oscuro como ese.

–Magia negra, y de las peores –sentenció el viejo centauro frunciendo el ceño.

Al segundo día, y sin pedir permiso, Penny se levantó de la cama y bajó a los subterráneos para verle. Encontró la enfermería vacía y solo una de sus camas ocupada.

Marcus estaba tumbado boca arriba. Del brazo le salía un tubo de color plateado, conectado a un frasco, por el que le alimentaban. Su cara estaba de color verde y el cabello rubio le caía lacio. Sus pómulos estaban hundidos y sus bellos ojos seguían cerrados.

Las pócimas que le habían hecho ingerir no le habían ayudado nada. En los dos días que llevaba sin verle, su estado había empeorado mucho. La vida se le escapaba con cada suspiro y se retorcía de dolor. Estaba escuálido y pálido. Su pecho desnudo y huesudo aparecía cubierto de venas que parecían estallar, como si debajo de la piel tuviera cordeles que le atenazaban. El tono verde del rostro se extendía hacia los brazos y las piernas. En el cuello, la piel estaba pálida como una perla o como algo peor. Las pequeñas heridas se habían infectado y presentaban un aspecto horrible.

–¡Pobre Marcus! –suspiró–. ¡Qué consumido está!

Penny le puso una mano en la frente y, al ver que ardía, se mordió un labio. Sin embargo, al notarla, Marcus parpadeó un poco e intentó abrir la boca, pero cayó de nuevo en un sopor mortecino.

–¡Penny! ¿Qué haces aquí? –exclamó Grizela Sparks, que andaba por el pasillo con unos frascos en las manos–. Se supone que deberías estar en tu cama.

–Quería ver si está bien cuidado.
–¿Cómo dices? –se escandalizó la doctora.
–Era broma...
–Mira, jovencita –añadió la mujer levantando un dedo–. Tu abuela se pasa medio día imponiéndole las manos para que sane. Si ella no está, Quirón me ha ordenado que le avise, y sube al galope del Mitozoo para hacerlo él. Está tan nervioso que es como si le fuera la vida en ello. Además, Calpurnia Clutterbuck trae a cada momento las hierbas más frescas de Amhuinn para fabricar medicinas. Ni la mismísima reina de Inglaterra estaría mejor cuidada. Y ahora, regresa a tu habitación de inmediato. Aún no estás recuperada.
–¿No puedo quedarme unos minutos? ¡Por favor, por favor por favor! –le suplicó.
–Un minuto –le autorizó la doctora con un nudo en la garganta.
Penny se abrazó a Marcus con todas su fuerzas, pero lo único que sintió fue el miedo, el vacío y la tristeza que la devoraban por dentro. Había estado muy cerca de conseguirlo, pero la vida de su hermano se escapaba como el agua entre las manos. Recostó la cabeza en su frente y Marcus se agitó en sueños, murmurando unas palabras que nadie oyó.
–Ha pasado el minuto –dijo entonces la voz familiar de su abuela, que le puso una mano en el hombro–. Yo me encargaré.
Durante aquel día, el estado de Marcus empeoró todavía más. El veneno no remitía. Los rostros de Quirón y la doctora Sparks reflejaban preocupación.
Por la tarde, Penny fue autorizada a verle de nuevo, y tanto ella como su abuela le impusieron las manos. Pero nada le hacía mejorar.
–Está muy débil. El veneno del nigromante tiene un poder demasiado terrible –suspiró el centauro, rendido.
Quirón no había dormido las dos noches anteriores y sus ojos estaban apagados. A Penny le dio la impresión de que había tirado la toalla.

–¿No hay ningún remedio? –estalló–. Con todo lo que tenéis aquí y en el laboratorio, los miles de libros de Oronda Beckham, ¿y nadie es capaz de salvarle?

–Solo un cuerno de unicornio azul podría... –dijo el viejo centauro moviendo la cabeza.

–Ya no quedan de esos, Quirón, lo sabes... –suspiró la doctora Sparks.

–Los había –replicó el centauro–, los hubo... Hooves fue el último, pero marchó de Amhuinn cuando...

Penny le miró sin comprender mientras su abuela empezaba a imponer de nuevo sus manos sobre Marcus.

–Cariño –suspiró la anciana–, Hooves pertenece al linaje extinguido de los reyes unicornios. La noche que te trajo a Berry Manor vino a despedirse, ¿sabes?

Penny la observó con el corazón encogido y su abuela continuó:

–Me dijo que partía en busca de Belinda, una bella y escurridiza unicornio de su linaje, con la que perpetuar su especie. Pero ella huye, nadie sabe de qué, y tan pronto es vista en los fiordos de Noruega como galopando por los desiertos de Libia. No creo que podamos dar con Hooves a tiempo. Debemos aceptar la realidad, por dura que sea, tesoro –le dijo, preparándola para lo peor.

–¡No, no y no! –gritó Penny enfurecida, y pegó tal manotazo a unos frascos que los hizo añicos contra el suelo. Luego corrió hacia su habitación.

En cuanto desapareció del Mitozoo, la abuela miró a Quirón con los ojos enrojecidos y le preguntó:

–¿Cuánto?

El centauro tomó el pulso de Marcus y susurró:

–Con suerte, unos días.

Al llegar arriba, Penny se echó en la cama y sollozó, estrujando la colcha con todas sus fuerzas. Cinco minutos más tarde, se quedó dormida de cansancio, y su sueño estuvo plagado de pesadillas y negros presagios.

De madrugada, la despertaron unos golpecitos en el cristal de la ventana. En el alféizar había una pequeña criatura sentada, que miraba la luna y a Caribdis y Oribdis, que planeaban sobre la finca.

–¡Ya era hora! –se quejó un pequeño bowtruckle agitando las ramitas que le hacían de brazos y piernas–. ¡Me estaba helando, como de costumbre!

–¡César Truckle! –le saludó ella forzando una sonrisa.

–Me ha dicho un pajarito que has regresado, y me he dicho: «¿Por qué no hacerle una visita?». No te creas que vengo solo por las galletas... Por cierto, hablando de galletas...

Penny le dejó entrar y, como otras veces, bajó a la cocina a por un paquete de galletas de chocolate y un gran vaso de leche, que el bowtruckle empezó a devorar como si no hubiera comido en una semana.

–No pareces muy contenta, Penny Berry... –dijo el bowtruckle, que estaba dejándolo todo perdido de migas.

–Es mi hermano, Marcus –suspiró ella–. Ha sido envenenado por el innombrable y no hay medicina que pueda salvarle. ¿Tú llevas mucho tiempo por aquí?

–¡Uf! –hizo el bowtruckle–. Siglos...

–¡Ah! ¿Y conocías a Hooves?

–¿Hooves? –dijo él pensativo–. No, no me suena.

Luego siguió mordisqueando las galletas y Penny se sentó a su lado en la cama, retorciéndose las manos mientras miraba por la ventana. A Marcus le quedaban horas de vida y nadie era capaz de hacer nada.

–¿Hay más galletas? –soltó al cabo de unos minutos César Truckle.

Penny se levantó de golpe, le miró echando fuego por los ojos y explotó:

–Yo te digo que mi hermano está a punto de morir, ¿y tú me sales con las dichosas galletas?

El bowtruckle bajó los ojos avergonzado. Penny cogió el paquete recién abierto y lo tiró por la ventana. Luego se volvió hacia él y estalló:

–¡Vete, vete de aquí y no regreses jamás, egoísta! ¿Me oyes? ¡No quiero volver a verte nunca más!

Caribdis y Oribdis graznaron con furia al oírla. Por su parte, César Truckle se subió al alféizar y se volvió para decir algo, pero al ver la cara de Penny se lo pensó mejor y echó a volar hacia Amhuinn, con la cabeza gacha y el corazón en un puño.

A la mañana siguiente, Penny tuvo al menos una alegría. A mediodía, el coche familiar de los Clutterbuck aparcó delante de la puerta, y Betty Clutterbuck bajó seguida de sus hijos, Pippa y Noel.

Cuando los dos hermanos la vieron con los ojos tan enrojecidos y el cabello alborotado, se temieron lo peor.

–¿Qué ha ocurrido, Penny? ¿A qué viene esa cara?

–Es Marcus...

–¿Qué le ocurre a Marcus?

Penny empezó a llorar y les contó lo que había sucedido durante su ausencia. Al oír todo el relato, Pippa se llevó la mano a la boca y Noel abrió unos ojos como platos.

–¿Y lo hiciste tú sola?

–Ashwhite me acompañó.

–¿Y está tan mal como dices?

–Está fatal –sollozó.

Por lo que Pippa y Noel le contaron, el caso de la equinaqua de Gales era más complicado de lo que parecía a primera vista. La bestia se había escondido en el bosque de Rhandirmwyn, y su padre y el tío Claudio se habían quedado unos días más para cazarla y devolverla a la reserva de Eglwys Nunydd.

Los Clutterbuck insistieron hasta la saciedad para que les dejaran ver al enfermo y, por la tarde, su tía los acompañó a la enfermería.

–Solo podrán ser unos minutos –les dijo–. Lo comprendéis, ¿verdad?

Los tres asintieron y se acercaron a la cama con dosel en la que reposaba Marcus. Le observaron en silencio y Noel le tomó la mano, que en esos momentos hervía.

–Creo que esto va mucho más allá de nuestros conocimientos –suspiró Pippa.

Penny suspiró y murmuró:

–Se está muriendo. Quirón dice que es fuerte, pero cada vez está peor.

10

UN FAVOR A TIEMPO Y UNA VISITA SORPRENDENTE

Los días pasaban tristemente y el tiempo tampoco ayudaba nada, pues si un día llovía, al otro se levantaba una espesa niebla. No había nada que hacer; solo lamentarse por lo sucedido y aguardar el desenlace.

Penny bajó varias veces a la enfermería, pero en cuanto Quirón o su abuela la veían acercarse, negaban con la cabeza. Ella esperaba en vano un milagro que no iba a suceder.

Una de aquellas noches, Penny se despertó sobresaltada. Se sentó en la cama culpándose por lo ocurrido en el Bardarbunga. Entonces comprendió que la pesadilla que había tenido la noche antes de partir hacia Escocia había sido premonitoria. En sueños había visto un entierro en Berry Manor, y si nada lo evitaba no sería el de su abuela, sino el de su hermano Marcus.

De repente, oyó el agudo graznido de Caribdis y Oribdis, que se precipitaban desde las nubes. Entonces se levantó y abrió la ventana, extrañada porque las gárgolas jamás aterrizaban tan abruptamente si no había una causa que lo justificara.

Miró al jardín y se quedó petrificada. Junto al magnolio débilmente iluminado por la luna se encontraba el ejemplar más bravo de unicornio que jamás había visto en Amhuinn. Estuvo segura de contemplar al mismísimo Hooves, el unicornio azul, el mismo que aparecía junto a sus padres en la foto que tenía sobre la mesilla.

Bajó corriendo las escaleras mientras el corazón le saltaba dentro del pecho. Si Hooves había llegado, quizás no todo estuviera perdido. Abrió la puerta de Berry Manor como una exhalación y se plantó delante del animal, que la observó en silencio.

Era más alto que los que había visto en el Mitozoo y su figura no solo era gallarda y orgullosa, sino que tenía esa aura que comparten los miembros de la realeza. Su mirada era sabia y, como comprobó, era el único de su especie capaz de hablar.

–¿Hooves? –titubeó–. ¿Eres realmente Hooves?

–Hola, Penny –la saludó el unicornio.

–¿Me... me conoces?

–Tienes los ojos de tu padre. No podías ser nadie más, a no ser que Aurelia haya tenido una hija, claro...

–No –sonrió Penny–, mi tía no ha tenido una hija...

El animal asintió, mirándola sin pestañear, y a ella le pareció que sonreía.

–¿Cuántos años llevabas alejado de Amhuinn? –le dijo Penny.

–Once exactamente.

–¿Y cómo has sabido que...?

–Las noticias vuelan, pequeña. He venido lo más rápido que he podido.

Entonces Penny observó que algo se movía en la cabeza del unicornio. Se acercó y reconoció al instante los ojos de César Truckle, escondido entre sus crines plateadas. La miraba avergonzado.

–Si... siento lo de las galletas... ¿Este es el Hooves por el que me preguntaste el otro día? –balbuceó el pequeño bowtruckle.

Penny le cogió con los dedos y le estampó un soberbio beso en la bellota que le hacía de cabeza. El bowtruckle se ruborizó y dos lagrimones empezaron a resbalar por sus mejillas.

–César Truckle... –le dijo ella sollozando- . ¿Has sido tú quien ha dado con Hooves?

El pequeño bowtruckle asintió y la cara de Penny se iluminó.

–Hace dos noches dije que no quería volver a verte nunca más, y creo que jamás me he alegrado tanto de ver a alguien de nuevo.

Hooves relinchó y agitó las crines para sacárselo de encima. Entonces, César Truckle saltó de su cuello y se quedó agitando las alas a la altura de la nariz de Penny.

–Este bowtruckle –dijo el unicornio– se ha portado como un héroe. Ha volado hasta los bosques de Finlandia para encontrarme. Durante todo el trayecto ha intentado explicarme algo, pero estaba tan nervioso y tan triste que no he entendido nada.

–Es Marcus –explicó entonces Penny–. Está aquí...

–¿Aquí? –se extrañó el unicornio–. ¿Qué Marcus? ¿Tu hermano? Yo creía que...

–Se está muriendo... envenenado.

La mirada del bello unicornio se apagó, pero enseguida la luz brilló en sus ojos como si el sol saliera después de un día de tormenta.

–¿Envenenado? –dijo como si acabara de recordar algo–. En ese caso, no hay tiempo que perder. Bajaré de inmediato al Mitozoo, y si tengo que desprenderme de un trozo de mi cuerno para salvar al hijo de Percy y Rose, que así sea. Supongo que el viejo cascarrabias de Quirón sigue por aquí, ¿no?

Penny asintió con una débil sonrisa y luego se le humedecieron los ojos. Sabía que once años atrás el unicornio azul había tratado de avisar a sus padres de que se dirigían a una emboscada, que había roto la luna del coche y la había salvado mientras Lucinda Caldwalader hacía lo mismo con Marcus. Después, cuando supo lo que realmente había sucedido esa noche, se culpó y huyó avergonzado de Amhuinn. Lo último que había oído de él era que andaba tras la pista de la unicornio Belinda.

–Creo que sabré encontrar la entrada –le dijo el unicornio volviendo su grupa–. Procura que el bowtruckle coma algo; está exhausto.

Mientras Hooves cabalgaba hacia el Mitozoo para ponerse a disposición de Quirón, Penny entró en Berry Manor con César Truckle.

–Ven conmigo –le dijo–. Te has ganado tres cajas.

Dos minutos más tarde, dejó al bowtruckle hartándose de galletas de chocolate en la mesa de la cocina y se dirigió al Mitozoo, que se había visto revolucionado con la llegada de Hooves.

Le encontró recostado sobre la gran mesa de operaciones, escuchando las explicaciones de Quirón. El centauro tenía en una mano una pequeña sierra y en la otra una jofaina para depositar el trozo de cuerno que iba a amputarle.

Penny se situó al lado de su abuela, que le acarició el cabello y susurró:

–Todo irá bien, ya verás.

Calpurnia Clutterbuck aguardaba en silencio. Rictus Gravenor ya lo tenía todo dispuesto en el laboratorio para fabricar el antídoto con el que intentar salvar a Marcus.

–Ahora te dormiremos –susurró Quirón al unicornio–. Será rápido y espero que no muy doloroso.

A continuación, le hizo beber jugo de adormidera, y en cuanto se lo terminó, Penny le empezó a acariciar las crines. Hooves se volvió hacia ella.

–Antes te he dicho que tienes los ojos de tu padre –susurró–. También tienes las manos y la sonrisa de tu madre. ¿Te lo habían dicho?

Penny negó con la cabeza; luego se secó los ojos con la manga y le preguntó al oído:

–¿Te dolerá?

–Es probable –sonrió el animal–. Pero la vida es eso, Penny Berry. La vida está hecha de pequeños sacrificios que haces por los que amas. Sin ellos, casi nada tiene sentido.

Penny asintió y, poco después, el jugo de adormidera hizo su efecto y el unicornio cerró los ojos. Cuando comprobó que dormía, Quirón empezó con la delicada operación de serrar el precioso cuerno plateado que se enroscaba en espiral.

–No hay nada más doloroso y más humillante para un unicornio que perder la belleza y la virilidad de su cuerno –dijo el centauro.

La operación concluyó en dos minutos, y Calpurnia Clutterbuck corrió con el asta al laboratorio para elaborar el antídoto.

–Ahora solo nos queda esperar y confiar en que no sea demasiado tarde –suspiró la abuela Octavia.

La medicina estuvo lista en media hora, e inmediatamente Calpurnia, la doctora Sparks y la abuela se la administraron a Marcus. Después, todos se fueron a descansar, menos la abuela Octavia, que insistió en quedarse al lado de Marcus toda la noche. Nadie fue capaz de arrancarla de su lado.

Penny durmió muy mal y se despertó tarde. Bajó a la cocina y, al abrir el tarro de las bolsitas de té, descubrió a César Truckle. Le cogió delicadamente de una pierna y le zarandeó.

–¿Qué hora es? –bostezó él, soñoliento.

–Muy tarde, tardísimo.

–¡Huy! En ese caso, será mejor que me vaya. Ya sabes que siempre estamos muy ocupados –dijo haciendo una reverencia que dejaba ver su coronilla.

Penny le interrogó con la mirada y el bowtruckle protestó:

–¿No vas a darme otro de esos?

–¿Otro qué? –se extrañó Penny.

–Lo que me diste anoche, por supuesto.

–¡Ah! ¡Eso!

Penny sonrió y besó otra vez la bellota que le hacía de cabeza. Entonces el bowtruckle subió al alféizar de la ventana, batió sus alas, que chisporrotearon de un azul incandescente, y emprendió el regreso hacia donde acampaban los de su especie.

–¡Hasta más ver, pequeña Berry! –le gritó mientras pasaba cerca del magnolio.

–¡Hasta más ver, bravo caballero!

Penny observó por la ventana cómo se adentraba en Amhuinn a través del arco de flores y entonces se preguntó cómo era posible que las criaturas más pequeñas fueran capaces de lograr las cosas más grandes. Eso la reconfortó, porque si un pequeño bowtruckle había sido capaz de encontrar a Hooves, quizás también ella sería capaz de acometer cosas importantes.

Terminó de desayunar y bajó corriendo a la enfermería. Nada más entrar, oyó canturrear a Quirón. «Buena señal», se dijo.

Se acercó hasta donde estaba Marcus y respiró aliviada por primera vez en muchos días. El color había regresado a sus mejillas. Su abuela todavía estaba sentada a su lado tejiendo la bufanda roja, como si fuera un ritual que practicaba durante los peores momentos. Al verla, dejó la labor en el cesto y le hizo un gesto para que se acercara.

–Está fuera de peligro –le susurró con una sonrisa radiante–. El poder de un unicornio azul es más grande que el del más terrible de los nigromantes.

Penny sintió cómo se le humedecían los ojos y la abrazó. Luego se inclinó sobre su hermano y, por primera vez en su vida, le besó. Marcus balbuceó algo, pero siguió durmiendo.

–¿Ha dicho algo durante la noche? –quiso saber.

–Solo una cosa –sonrió la abuela.

–¿Cuál?

–«Penny».

Dos días después, Grisela Sparks subió al jardín, donde encontró a Penny charlando con la señora Knots.

–¡Ha abierto los ojos! –les anunció exultante.

Entonces Penny bajó como una exhalación y llegó frente a la cama en la que reposaba su hermano. Respiró más tranquila, porque las heridas del cuello habían empezado a cicatrizar. A su lado, su abuela seguía tejiendo la bufanda del color de las cerezas que había empezado el verano anterior.

–Me ha mirado –informó a Penny–, pero no ha dicho nada. Solo me ha observado en silencio. No sé si me ha reconocido.

La cabeza de su hermano reposaba en la almohada más mullida de Berry Manor y, al notar a alguien más a su lado, abrió los ojos. Luego se pasó una mano por los cabellos sudorosos y musitó:

–¿Penny? ¿En verdad eres tú?

Ella asintió con un nudo en la garganta y él le preguntó:

–¿Dónde…? ¿Dónde estoy?

–En casa.

–¿En casa? –se extrañó–. ¿En qué casa?

–En la tuya, por supuesto –sonrió Penny.

Después estuvieron un minuto en silencio hasta que Marcus se fijó en la abuela Octavia.

–La recuerdo de Shangri-La –dijo–. Te abrazaba durante los fuegos artificiales la noche antes de la partida, ¿verdad?

Penny asintió en silencio, intentando no estallar de alegría.

–¿Es tu… tu abuela?

–¿Mi abuela? –sonrió–. No, Marcus. No es *mi* abuela, es *nuestra* abuela.

Él cerró los ojos durante unos segundos y, cuando los abrió de nuevo, murmuró:

–Tengo hambre.

–¡Buena señal! –exclamó entonces Octavia Berry.

Dejó la labor en el suelo y recogió una cesta donde tenía los guisos más suculentos que había cocinado jamás. Marcus la miró sorprendido.

–Voy a avisar de que ya estás bien. Todo el mundo se alegrará mucho –dijo Penny, y salió de allí tan rápido como había llegado, mientras Octavia Berry llenaba un tazón de caldo.

Marcus asintió satisfecho y su abuela le empezó a dar cucharaditas de sopa como si tuviera dos años.

«Uno a cero para la abuela», se rio Penny.

Al día siguiente, el convaleciente fue autorizado a salir de la enfermería, y a Penny le faltó tiempo para llevarle al jardín. Era un día soleado, el cielo estaba limpio de nubes y olía a jazmín y a hierbabuena.

Marcus estaba muy débil y caminaba inseguro después de haber pasado tantos días en cama. Por eso, Penny le llevó hasta el magnolio y se sentaron bajo su sombra, apoyando la espalda en el tronco.

No encontraron a nadie más, porque la DAF de Escocia había dado instrucciones muy precisas acerca de cómo tratarle. Sabía que Marcus no podría digerir todo de golpe. Aunque docenas de ojos los observaban desde el bosque y desde las ventanas de la casa.

La primera que tuvo ocasión de saludarle fue su tía Aurelia, que debió seguir a pies juntillas las instrucciones que le había dado su madre: no llorar y no abalanzarse sobre él para cubrirle de besos.

A media mañana, tía Aurelia salió al jardín con una revista. Penny observó que llevaba un vestido nuevo, pero no le dijo nada cuando se acercó hasta ellos disimuladamente.

–Hola, tía –la saludó Penny–. ¿Recuerdas a Marcus?

–Claro que le recuerdo. Realizó una magnífica carrera en Shangri-La.

Luego, Penny se volvió hacia él y se la presentó:

–Es tu tía Aurelia y se supone que has de besarla.

–¿Tía? –se extrañó Marcus–. ¿Qué es una tía?

–Es la hermana de papá.

–¡Ah!

Marcus se levantó un poco a regañadientes y la besó en la mejilla, pero enseguida dos pixies que volaban entre las flores captaron su atención. Penny se encogió de hombros y tía Aurelia regresó a la casa secándose los ojos con el pañuelo.

–¡Ay! No me ha hecho ni caso –le dijo a su madre, que aguardaba en el dintel de la puerta–. ¿Crees que llegará a quererme algún día?

–¡No digas bobadas, Aurelia! –exclamó la abuela Octavia–. Estás muy susceptible últimamente, ¿no?

Tía Aurelia bajó los ojos un poco avergonzada, y en ese momento la abuela Octavia supo que su hija guardaba celosamente un secreto y, si lo que intuía era cierto, sería la segunda mejor noticia de aquellas vacaciones de Pascua. Entonces fue hacia ella alborozada y le dio un soberano achuchón, que dejó perpleja a Aurelia Pettigrew.

Penny y Marcus estuvieron juntos todo el día y visitaron el Mitozoo, el laboratorio y la biblioteca, donde Penny tuvo oportunidad de presentárselo a los demás. Después llegaron hasta Amhuinn y Penny respondió las mil preguntas que él le formuló sobre la casa, los animales y todo lo que veía por allí. Penny estaba que no cabía en sí de alegría.

Al llegar frente al inmenso arco que brillaba con mil colores distintos, Marcus abrió los ojos embobado.

–¡Esto es increíble!

–¿Verdad que sí? Lo construyó la druida Jen Howie allá por el siglo VIII.

–Y hay mucha luz en todas partes.

Penny sintió un pinchazo en la herida que le había infligido el basilisco. Estaba convencida de que su hermano estaba acostumbrado a lugares oscuros y tenebrosos, pero, por suerte, todo eso formaba parte del pasado.

Al terminar el pequeño paseo, se acercaron a la charca donde la señora Knots nadaba plácidamente. Al verlos, se dio la vuelta y los escrutó con ojos achinados.

–¿Y este joven tan guapo, Penny? –le preguntó peinándose coqueta el matojo de juncos.

–Es mi hermano Marcus.

–¿El hijo de Percy y Rose?

–Exacto.

–¡Ay! –se emocionó la equinaqua–. Creo que me echaré a llorar. Ven aquí, hijo mío, y deja que te dé dos besos. ¡Lo que ha sufrido tu abuela por ti, y Penny también, por supuesto...!

Marcus se le acercó sin mostrar ningún miedo y la equinaqua le estampó dos besos tan sonoros que debieron oírlos los gigantes que habitaban en Ughol Arn.

¡CHUIC, CHUIC!

–¿Es... es una equinaqua? –le preguntó él secándose las mejillas con la manga.

Penny asintió y su hermano prosiguió, sin dejar de mirar a la bestia:

–Teníamos una como usted en Inverlochy...

–Lo sé, cielo. Sinforosa Lake es mi prima.

–¿Y usted está... está domesticada?

–Algo así –repuso orgullosa Cecilia Knots–. Pero llámame de tú o pareceré más vieja de lo que ya soy. Me encargo de la protección de nuestra propiedad.

–Aquí nada es como lo que yo he conocido hasta ahora –dijo entonces Marcus–. Todos parecen felices.

–De eso se trata, Marcus.

11

EL DESPERTAR DEL ASTROSAURO

Cuando regresaron a Berry Manor se encontraron a la abuela en la puerta, esperándolos para conducirlos al piso de arriba. Marcus se dejó llevar por las escaleras con los ojos clavados en los retratos del vestíbulo. La abuela les mostró la habitación que habían preparado para él, que era contigua a la de Penny.

–Es la que había ocupado tu padre cuando tenía tu edad –dijo abriendo la puerta–. Y es donde descansarás cada tarde después de comer, por prescripción de Quirón.

–Pero yo... –protestó Marcus.

–No hay peros que valgan, tesoro. Después de pasar lo que has pasado, entenderás que toque dormir cada tarde un ratito, ¿verdad?

Penny aprovechó la siesta de Marcus para bajar al Mitozoo a ver cómo se recuperaba Hooves.

–Mañana podrá empezar a cabalgar por la pradera –le dijo Quirón.

El unicornio estaba en los establos y Penny fue hacia allí. Había llevado el regalo que compró para él antes de Navidad.

–Penny, Penny... –sonrió el unicornio al verla.

–¿Cómo estás?

La mirada del animal se apagó durante unos segundos:

–Quirón se llevó un buen pedazo de cuerno.

–Pero has salvado a Marcus...

–¿Está ya bien?

–Sí, mucho mejor. ¿Y tu cuerno? ¿Volverá a crecerte?

–En unos años seré de nuevo el apuesto Hooves, pero hasta entonces...

–Pues a mí –le interrumpió ella– me pareces el unicornio más atractivo, más valiente y más galante que he visto en toda mi vida, y conste que he visto unos cuantos.

–¿Tú crees? –los ojos de Hooves chispearon de orgullo durante un instante.

–Mira lo que tengo para ti –continuó Penny rompiendo el papel de estrellitas que envolvía el regalo–. Lo tenía guardado desde Navidad.

Era una cadena de plata de la que colgaba un corazón rojo como un rubí.

–Me gusta –le dijo Hooves mientras ella se lo colgaba del cuello.

A la mañana siguiente, cuando el unicornio real estuvo plenamente restablecido, salió disparado hacia Amhuinn con el colgante puesto y, a pesar de que su cuerno era más corto, la satisfacción que sentía le hizo galopar como el viento.

Penny y Marcus le contemplaron, sentados bajo el magnolio. El chico, que jamás había visto nada igual, preguntó qué era.

–Es un unicornio real. Pero ahora lleva el cuerno vendado porque Calpurnia Clutterbuck, la tía de Pippa y Noel, elaboró con él la pócima que te salvó la vida.

Marcus se quedó mirando cómo galopaba y sus ojos brillaron de alegría.

–Cuéntame más cosas de él.

Penny suspiró y empezó el relato tal y como lo había oído de labios de Lucinda Caldwalader.

–Verás: cuando teníamos más o menos un año, papá y mamá fueron a Oxford para no sé qué asunto. Pero en realidad les habían tendido una trampa. En cuanto la abuela y Lucinda Caldwalader se enteraron, Lucinda y Hooves fueron a avisarlos. Sin embargo, cuando llegaron al callejón, el coche de papá y mamá estaba en llamas y el innom... Cedric Donndubhan le estaba arrancando las puertas.

–¿Y eso por qué?

–Porque años antes la abuela le había vencido en la batalla de Inverlochy, y era su modo de vengarse.

Marcus la miró intentando comprender el alcance de sus palabras, pero pareció conforme con la explicación y Penny continuó hablando:

–Al verlos, el innombrable lanzó una llamarada a Hooves, que salió despedido por el callejón. Lucinda surgió de entre la niebla, le embistió por detrás y el innombrable cayó sobre el fuego. En ese momento de desconcierto, Lucinda rompió el cristal y encontró a mamá malherida, pero aún con fuerzas para volverse hacia ella y mascullar: «Por lo que más quieras, Lucinda, cuida de ellos». Tu y yo estábamos sentados en nuestras sillitas, así que Lucinda me cogió por el pañal y me entregó a Hooves gritándole: «¡Lárgate!». Después te cogió en brazos, pero el innombrable se abalanzó sobre ella y te arrebató de sus manos. En vez de echar a volar para huir, Lucinda se dejó apresar con la intención de cuidar de ti. Los servidores del innombrable llegaron enseguida y esa misma noche fuisteis llevados a Inverlochy. Allí te separaron de ella y... bueno, el resto creo que ya lo sabes.

–¿Y nuestros padres?

–En Shangri-La averigüé que los había petrificado –suspiró Penny.

Marcus se quedó pálido al oír todo aquello. Iba a preguntarle algo más a Penny cuando oyeron unas pisadas que se les acercaban corriendo por el jardín.

–¡Ah! Estáis aquí –sonrió Pippa al llegar al magnolio.

–Os estábamos buscando –añadió Noel–. Nos han tenido hasta ahora reponiendo todas las pócimas que han usado para restablecer a Marcus.

–Parece que agotaste las existencias de unas cuantas –dijo Pippa sentándose a su lado sobre la hierba.

El resto de la mañana estuvieron debajo del árbol recordando todo lo que había sucedido meses antes en Shangri-La. De vez en cuando, la abuela salía de la casa y les llevaba galletas o limonada, y si no era ella era tía Aurelia, o Calpurnia Clutterbuck, o incluso el mismísimo Quirón, que se había procurado una caja de chocolatinas y se las había hecho llegar.

Antes de la hora del almuerzo, los cuatro seguían sentados recordando la cara que se le había quedado a Noel cuando había comido la horkhumpf. Noel hinchó los carrillos para reproducirla y, mientras los otros tres se partían de risa, se oyó un bocinazo. Instantes más tarde, una vieja furgoneta verde botella atravesó la verja y entró derrapando en el jardín.

Sentados delante, vieron a tío Claudio y a Demetrius Clutterbuck que regresaban de Gales, donde por fin habían dado caza a la esquiva equinaqua.

–¡Mira quién conduce, Penny! –exclamó Pippa mientras se arreglaba un mechón del cabello.

–¿Te has ruborizado, Pippa? –se rio Penny.

–¿Quién, yo? ¿Qué dices? –contestó, roja como una amapola.

Al volante de la camioneta iba sentado el apuesto Terence Blackfriars, el sobrino de Augustus Blackfriars al que habían conocido en Shangri-La.

Marcus aún llevaba el cuello vendado, de modo que cuando tío Claudio y Demetrius Clutterbuck bajaron del coche, al primero se le humedecieron los ojos. Tía Aurelia ya le había puesto al corriente de lo sucedido por teléfono, pero solo había visto a Marcus brevemente en Shangri-La.

–Este es el tío Claudio –le explicó Penny.

Marcus se acercó a él para darle la mano, pero tío Claudio le cogió por los hombros, le observó emocionado y le estrujó en un largo abrazo hasta que Marcus se quejó:

–Pinchan...

–¿Cómo? –se extrañó tío Claudio.

–Que tus bigotes pinchan.

–Y que por mil años puedan hacerlo, hijo mío –dijo él, secándose los ojos con la manga.

Entonces, la abuela Octavia y tía Aurelia salieron al jardín.

–¿Cómo ha ido? ¿La habéis cazado? –se impacientó tía Aurelia.

Demetrius Clutterbuck y Claudio Pettigrew se miraron y comenzaron a reír a carcajadas.

–Mejor que eso –dijo el señor Clutterbuck–: localizamos a la equinaqua en un bosquecillo y le administramos una mezcla de ajos y ortigas mustias. Le dio tal diarrea que la pobre no pudo andar durante varios días.

–¡Genial! –dijeron a dúo Penny y Marcus.

–¡Repugnante! –exclamó tía Aurelia–. Creo que me van a dar arcadas.

–Luego, todo fue coser y cantar –prosiguió su marido, secándose las lágrimas de la risa–. Le echamos la red encima y los elfos de Gales se encargaron del resto.

Esa noche había muchas cosas que celebrar en Berry Manor, así que la DAF de Escocia tiró la casa por la ventana. Preparó alitas de pollo crujientes, rosbif, patatas salteadas, pudín de Yorkshire y todo tipo de postres como tarta de frambuesa, pasteles de crema y otras delicias parecidas para que los Pettigrew, los Berry, los Clutterbuck, Archibald Footstep y Lucinda Caldwalader disfrutasen juntos de la fiesta.

–Querida Octavia, esta vez te has superado –exclamó la anciana Lucinda al contemplar la opípara cena.

Al oírla, Marcus se estremeció. Era la misma voz que recordaba de su infancia. La voz dulce que le cantaba y que, aunque él no lo entendiera, le repetía que algún día regresarían a su verdadero hogar.

Entonces Marcus sonrió a la anciana sanadora y su sonrisa iluminó la estancia. La mujer comprendió entonces que lo que había sembrado durante los largos años de cautiverio había dado su fruto, y se secó los ojos con la servilleta disimuladamente.

La cena transcurrió entre risas y anécdotas sobre la captura de la equinaqua de Gales. Al llegar a los postres, la abuela le sirvió a Marcus un magnífico pedazo de tarta de frambuesa y él se volvió de inmediato hacia Penny.

–Esto... Mmm –balbuceó sin dejar de masticar aquella delicia.

–Ya lo habías probado antes, ¿te acuerdas? –le comentó Penny–. En la cima del Namcha Barwa. Es la receta de la abuela.

Octavia Berry los contemplaba con los ojos brillantes, aunque intentaba disimular la emoción. No así tía Aurelia, que mordía el pañuelo sin pudor alguno. Entonces, la Ilustre Decana pareció recordar también algo. Metió la mano en el bolsillo de su delantal y sacó dos adornos metálicos que entregó a sus nietos.

–Tomad –dijo–, es hora de que los tengáis vosotros.

Eran dos joyas en forma de dos hojas entrelazadas con tres nudos y tres puntas. Ambos broches, unidos, formaban un círculo perfecto.

–Es bonito –dijo Penny–. ¿Qué es?

–Son dos triskeles. El triskel es un símbolo celta: el círculo representa el amor eterno; la figura representa a dos personas, unidas en cuerpo y alma. Vuestros padres tenían dos iguales. Estos fueron de vuestro abuelo y mío. Os los merecéis.

Los dos hermanos se los colocaron en sus jerséis, y le prometieron llevarlos siempre.

–Pero Penny no es la única que ha traído magníficas noticias a Berry Manor –añadió la abuela guiñando un ojo–. Ahora es tu turno, Aurelia.

Al oírla, tía Aurelia se puso colorada como una amapola y exclamó:

–Pero, mamá... ¿cómo sabes tú?

–¡Ay, hija mía...! –se rio la abuela mirando al techo–. No hay nada que se le escape a una madre, sean buenas o malas noticias.

Entonces, tía Aurelia tomó a tío Claudio de la mano, se aclaró la voz y dijo mirando a los presentes:

–Es cierto, hoy es un día de grandes anuncios. Pues... la verdad... es que...

Doce pares de ojos esperaban ansiosos lo que tenía que decir.

–Tío Claudio y yo... –sonrió con modestia– estamos esperando un bebé. Penny, Marcus, vais a tener un primito.

Penny sintió un nudo en la garganta y comprendió al instante el porqué del malestar de su tía. Entonces se levantó y abrazó a los dos, llenándolos de besos.

Marcus, en cambio, no entendía nada.

–Es que va a nacer algo así como una cría de trol o de orco, pero de los nuestros –le explicó Noel.

Su hermana Pippa abrió los ojos horrorizada al oír aquella burrada, pero aquella era precisamente la explicación que Marcus necesitaba, y sonrió tan contento como el resto.

¡PUM!

El tapón de una botella de champán salió disparado hacia el techo. Todos brindaron a la salud del pequeño o la pequeña que llegaría al mundo a mediados de agosto, si todo salía según lo previsto.

Al terminar los postres, Lucinda Caldwalader y Betty Clutterbuck se ofrecieron para preparar el té. El resto fue a acomodarse en el salón porque la abuela había dicho que quería tratar de lo que había sucedido a lo largo de aquellos últimos días.

Mientras la tetera hervía, Calpurnia y Archibald Footstep salieron a contemplar la luna al jardín.

–¡Ya estamos otra vez con la dichosa luna! –se quejó Noel.

Tío Claudio había puesto media docena de cojines en un sillón para que su mujer se acomodara.

–Siéntate aquí, cariño, con cuidado –le dijo–. Así.

–Claudio, eres un amor, ¿lo sabías? –sonrió Aurelia Pettigrew–. Pero aún faltan cinco meses para que llegue el bebé.

–Lo sé, lo sé...

–Bueno, déjame un par –dijo ella dejándose caer en el sillón.

Tío Claudio sonrió satisfecho, y entonces Lucinda Caldwalader y la señora Clutterbuck llegaron con la bandeja del té y lo sirvieron con unas galletas para aquellos que aún tuvieran un hueco en la barriga.

Penny y Marcus se habían sentado en el suelo junto a Pippa y Noel, dispuestos a explicar todo lo sucedido en el Bardarbunga y lo que habían oído durante el Concilio de los Druidas Negros.

Lo primero que hizo la abuela, removiendo su taza, fue volverse hacia Demetrius Clutterbuck, que se había desabrochado el cinturón para ponerse cómodo.

–¿Qué otras noticias traéis de Gales? –se interesó.

–Pues parece que Cornelia Gruffyd ya ha salido del hospital –dijo la madre de los Clutterbuck, viendo que su marido apenas podía respirar–. Le han quitado el yeso y en breve volverá a andar.

–Marcus restablecido, la equinaqua capturada, Cornelia en plena forma... Parece que todo son buenas noticias –se felicitó la abuela Octavia–. Entonces, ahora que la Decana de Gales está bien, ha llegado el momento de convocar el Concilio de Britannia para analizar los sucesos y estar preparados para lo que venga.

–¿Avisamos a Calpurnia? –preguntó Pippa.

–Sí, diles que la luna seguirá allí más tarde. De hecho, sale casi cada noche –se rio echándose la manta por encima de las rodillas.

Al verlo, el Señor Hobbs salió de debajo de la mesa del salón, saltó hacia su regazo y se acurrucó.

–Es una mantícora y está domesticada –le susurró Penny a Marcus.

–¿Todavía existen?

El Señor Hobbs se fijó en él, le sacó la lengua y después le guiñó un ojo.

–Entonces, después de esta frugal celebración... –continuó la abuela mientras Calpurnia Clutterbuck y Archibald Footstep se sentaban con el resto.

Tío Claudio empezó a cabecear en el sillón contiguo al de Demetrius Clutterbuck. Tía Aurelia dio un codazo a su marido, que se despertó con un pequeño eructo.

–Decía que, después de esta frugal celebración –insistió la abuela Octavia–, creo que ya es hora de que Penny y Marcus nos pongan al día de lo que vieron y oyeron en el volcán Bardaluna. Se llama así, ¿no?

–Bardarbunga –la corrigió Marcus sin perderse una coma.

–Eso, gracias. Pues entonces oigamos todo lo que ocurrió allí –dijo la abuela observándolos con interés.

Penny y Marcus empezaron el relato y, a medida que avanzaba su narración, los rostros de su abuela, de Lucinda Caldwalader y, por supuesto, de tía Aurelia palidecieron.

Les contaron los planes del innombrable para atacar el punto más débil y los informaron de la comparecencia en el concilio de Fausto el Germano, de Herculano de Pompeya, de Clodomiro de Ratisbona y del resto de nigromantes.

–¡Vaya panda de granujas! –mascculló Calpurnia Clutterbuck al oír sus nombres–. De Nicolette Desjardins ya nos lo temíamos. Su comportamiento y el de su sobrina Fleur en Shangri-La me parecieron de lo más sospechoso.

–Pues acabo de recordar algo más –dijo Penny–. En Shangri-La, Fleur Desjardins confesó que había sido ella quien había dado de comer un trozo de pastel envenenado a Ashwhite. ¿Recordáis que le impidió volar durante un buen rato? Dijo que se lo había facilitado Cornelia Gruffyd.

–Eso es imposible –señaló tío Claudio–. Por entonces, Cornelia estaba en el hospital de Cardiff.

–Ya lo sabíamos, cielo. Sigue durmiendo –le dijo tía Aurelia dándole una palmadita en la mejilla–. Lo que la niña nos está recordando es que, además de Gong Gong, había otro nigromante en Shangri-La.

–Exacto –dijo entonces Marcus–, el mismo que una noche me ordenó atacar a Penny y yo me negué: Kefrén Serapis, el Decano de Egipto.

12

UNA BREVE ESCAPADA A AMHUINN

Poco después de terminar el relato de todo lo que había sucedido en el Bardarbunga, el reloj de la planta de arriba marcó gravemente las nueve de la noche. En ese momento, el Señor Hobbs bajó del regazo de la abuela Octavia, se desperezó y se dirigió a la cocina.

Tío Claudio empezó a bostezar abiertamente y la voz de Calpurnia Clutterbuck se oyó de nuevo por el salón:

–Justamente ayer –dijo– llegó correo de Anastasia Strogoff desde Siberia.

–Debe hacer frío todavía por allí –apuntó tía Aurelia.

–Dice que están a –25 °C, pero no es de eso de lo que me habla en su carta –sonrió la herborista.

Luego desdobló el papel y se puso las gafas, mientras tía Aurelia se colocaba bien los cojines en la espalda. La herborista carraspeó y empezó a leer:

Vladivostok, 12 de abril

Mi querida y añorada Calpurnia:

Espero que estas líneas te encuentren bien de salud. Te escribía para agradecerte los ejemplares de diente de león que me enviaste hace un mes. Han sido muy útiles para curar a ese raro ejemplar de mamut al que salieron unos sarpullidos.

¿Cómo está Penny? Espero que se haya recuperado de su estancia en Shangri-La. Hizo todo lo que pudo para demostrar a Marcus que es su hermana. El chico tiene un buen corazón, pero temo que no resultará nada sencillo arrancarle de las garras de Donndubhan. Hará falta alguien muy valiente y mucha suerte para conseguirlo.

Paso a contarte ahora los sucesos que nos han intranquilizado a todos aquí, en el Decanato de las Rusias.

Poco después de mi regreso de Shangri-La, recibí una carta de Nicolette Desjardins. En su estilo florido y redicho, venía a preguntarme si me sumaría a una causa muy noble de la que había empezado a formar parte meses antes. Como comprenderás, enseguida intuí lo que me proponía y ni me molesté en responderle.

Como supusimos, en Shangri-La parece que se están organizando. Si nada lo remedia, temo que se tratará de algo muy gordo. Si ese fuera el caso, no dudéis de que el Decanato de Rusia y Siberia responderá. Ayer envié a Anatoly y a Andrey a Siberia para reunir todos los mamuts que puedan encontrar. Si hay que ponerse en marcha, necesitaremos unas docenas.

He intentado ponerme en contacto con varios decanos, pero ni Aurelius ni Cocoto han respondido.

Confío en que los asuntos en Escocia vayan viento en popa y que su Ilustre Decana siga teniendo fama de tan buena cocinera como cuentan por aquí.

Tuya, con un cariñoso achuchón,

Anastasia Strogoff

Recolectora Mayor de las Rusias

–Parece que Nicolette Desjardins intentó convencerla para pasarse al bando de los nigromantes –explicó la herborista doblando la carta– y ella se ha negado, por supuesto. Lo que me preocupa es que ni Aurelius Rösenmoller, de la Selva Negra, ni Cocoto Muboto, de Swazilandia, hayan contactado con ella.

–Tiene su lógica –suspiró la abuela Octavia–. Temo que la estrategia de los druidas negros ha empezado a funcionar. Quieren dividirnos, que sospechemos unos de otros para aislarnos. Que nadie acuda en ayuda de los demás. Golpear donde hagan más daño y luego eliminarnos uno a uno.

–Entonces, los rumores eran ciertos –se desperezó Demetrius Clutterbuck–. Los nigromantes se han aliado y se han hecho fuertes, e intentan acobardarnos. Ahora mismo tienen la sartén por el mango.

Penny y Marcus les hablaron entonces de la ubicación del sepulcro de sus padres. Ninguno de los presentes había oído hablar de la Cripta de los Olvidados. Aunque sí conocían bien a sus guardianes.

–Romulus el Cojo, Melinda la Fea y Justiniano el Manco... –recapituló la abuela–. ¿No son esos los druidas negros que lucharon contra Ludovicus y Nicolas Fields allá por el siglo VIII?

–Sí, y salieron bien trasquilados –indicó Lucinda Caldwalader, que conocía al dedillo la *Historia de los decanos de Amhuinn* de Aurelius O'Hara.

La abuela meditó durante unos segundos.

–Llegados a este punto –dijo–, cada vez es más urgente convocar a nuestros aliados para saber con cuántas fuerzas contamos. Quizás Adalbertus sepa dónde está esa Cripta de los Olvidados. He pensado que los chicos deben decidir si quieren ir ellos mismos a Lindisfarne, a preguntárselo y tratar de hallar la pócima de Zaratustra.

–¡Mamá! –exclamó tía Aurelia mientras tío Claudio le apretaba suavemente la mano.

Pero antes de que la tía de Penny y Marcus pudiera seguir hablando, Penny se puso en pie y anunció:

–Ya lo hemos decidido, abuela.

–Pero ¿cómo? –se sofocó su tía, a quien tío Claudio empezó a abanicar con el periódico.

–Si ellos van, nosotros también –añadieron Pippa y Noel.

–Pero... pero... –titubeó su madre, Betty.

–Bien, bien, bien... Cuatro mejor que dos –sonrió Octavia Berry.

–¡Mamá! –rugió tía Aurelia–. ¿Es que hemos perdido la cabeza?

–No, no hemos perdido la cabeza, hija. Lo que hemos hecho ha sido convocar el Concilio de Britannia para mañana por la noche. Hay que tomar decisiones graves y urgentes. No podemos esperar que el enemigo golpee donde y cuando quiera. Ya he cursado las invitaciones para Fulgencia, Cornelia y Augustus. Si estamos todos de acuerdo, en unas semanas convocaremos el Concilio Universal, y si el resto de decanos lo creen oportuno... realizaremos el hechizo.

Era la segunda vez que Penny escuchaba aquello del hechizo. Estaba deseosa de saber qué era, pero entonces su abuela se levantó de la butaca.

–Continuaremos mañana. Es tarde y algunos están un poco cansados de su largo viaje –dijo oyendo los ronquidos de tío Claudio y Demetrius Clutterbuck.

Pippa y Noel también empezaron a bostezar, y los Clutterbuck se despidieron hasta el día siguiente.

–Nosotros, si no os importa, regresaremos andando a Pitlochry –dijo Calpurnia Clutterbuck tomando de la mano a Archibald Footstep.

–Así podrán admirar la luna –masculló Noel al oírla–. Otra vez la dichosa luna. No sé qué tiene de particular...

–¡Ay, niño! –exclamó su hermana Pippa–. ¡Qué poco romántico eres!

Los Clutterbuck se metieron en su furgoneta, que arrancó en el momento en que Lucinda Caldwalader, tía Aurelia y tío Claudio se retiraban a descansar, pues había sido un día muy intenso.

En la puerta de Berry Manor solo quedaron la abuela Octavia, Penny y Marcus.

–¿Os sentís con fuerza los dos? –les dijo.

Ellos asintieron y ella los tomó de la mano. Después, los tres echaron a andar hacia el monumental arco de flores que daba entrada al bosque de Amhuinn.

–Hace años que no hago esto –les dijo–, pero hoy es una noche muy especial.

Anduvieron un buen trecho hasta que llegaron a un promontorio, y abajo vieron brillar miles de luciérnagas y pixies que revoloteaban entre las flores. Entonces Marcus abrió los ojos, admirado.

–¡Es... es precioso! –exclamó.

Se sentaron en el mar de hierba y vieron cómo el Vado del Roble rebosaba de vida. Docenas de centauros y otros animales iban de acá para allá y parecían divertirse mucho.

–Aquí la luna sí que es bonita –se extasió Penny.

Marcus la miró y se rio con tantas ganas que la abuela se vio obligada a abrazarlos y susurrarles:

–Este es el mundo que algún día tendréis que preservar, queridos míos. No lo olvidéis.

Entonces Penny reconoció a unos centauros que pacían a un tiro de piedra. Entre ellos se encontraban dos unicornios, Luz de Luna y el mismo Hooves, que llevaba al cuello su regalo de Navidad.

Bajaron de la loma y la abuela levantó una mano para saludarlos. Los animales se acercaron y empezaron una animada charla con ella.

Pasados unos minutos, y viendo cómo Penny y Marcus se aburrían soberanamente, Hooves preguntó:

–¿Puedo llevármelos a dar una vuelta?

La abuela accedió con la condición de que regresaran pronto.

–Los dos llevan unos días muy ajetreados y están cansados –dijo al unicornio.

Penny y Marcus subieron al lomo de Hooves y el unicornio real empezó a trotar hasta perderse entre los árboles. En pocos minutos dejaron a su espalda el Bosque de los Robles del Este y empezó a galopar por caminos invisibles a ojos humanos. A lo lejos se recortaban en el horizonte las Colinas de los Centauros.

–Es tan bonito... –dijo Marcus mientras el viento le silbaba en los oídos.

Ciénagas Negras
Lago de Amh
Bosque de los Robles
del Oeste
Vado del
Roble
Hayedo Blanco
Arco de
Amhuinn
Granero
Berry Manor

Barrancos de Ughol Arn
Cascada de las Perlas de Plata
Arroyo Blanco
Pradera de los Unicornios
Bosque Negro
Bosque de los Centauros
del
año
Colinas de los Centauros
N
O
E
S
Bosque de los Robles del Este
MAPA DEL ILUSTRE DECANATO DE AMHUINN
por Aurelius O'Hara
Historia Breve de Amhuinn
(1123-1348)

Entonces Hooves relinchó, empezó a cabalgar más deprisa y los cabellos de los dos hermanos Berry se pusieron a revolotear.

Pasaron por encima del Vado del Castaño, junto al Arroyo Blanco y el Lago de Amhuinn, que brillaba como un espejo, y cerca del Bosque de los Centauros, donde docenas de ellos estaban echados bajo los robles centenarios.

Por fin llegaron a la Pradera de los Unicornios.

–¡Aquí tuvo lugar la batalla el verano pasado! –gritó Penny al oído de su hermano.

Marcus tenía los ojos clavados en los oscuros acantilados de Ughol Arn, que se dibujaban no muy lejos.

Hooves atravesó el Bosque Negro, cuyas ramas centenarias estaban plagadas de bowtruckles que revoloteaban aquí y allá. Entonces, una estridente voz rompió el silencio de la noche:

–¡Es Penny Berry, la niña de las galletas!

César Truckle estaba echado en una rama del árbol más viejo del bosque y se levantó al reconocerlos. Cientos de bowtruckles les aplaudieron y Penny agitó una mano para saludarlos.

Luego, el unicornio descendió hacia el río de Amhuinn, que serpenteaba como un hilo de plata entre los arbustos. A ambos lados se extendían pequeñas praderas de musgo sembradas de luciérnagas.

Continuó por un angosto sendero hasta una gran cascada de agua. Penny dedujo que habían llegado a las que llamaban Perlas de Plata. Pippa le había dicho que era el rincón más bello del bosque, y aunque estaba muy cerca de los tenebrosos barrancos de Ughol Arn, allí se respiraba paz.

El río se encharcaba muy arriba, en las estribaciones de los barrancos, y luego caía sobre un lago lleno de nenúfares. Algunos sauces llorones bebían de sus aguas y la luna se colaba entre sus ramas y se reflejaba en él como en un espejo.

Hooves se acercó a la espesa cortina de agua y penetró en la gruta que se escondía tras ella. Ellos descabalgaron y el unicornio les indicó que se acercaran. Era la primera vez que Penny tenía ocasión de hablarle desde la mañana que abandonó el Mitozoo.

–Gracias por salvarme hace once años –le dijo Penny.

–Y por entregar parte tu cuerno –añadió Marcus.

Una sombra cubrió los bellos ojos del unicornio, que se apresuró a contestar:

–Prometí a vuestros padres que cuidaría de vosotros si algún día entrabais en este mundo –murmuró–. Lo que no imaginaba era que fuese tan pronto.

–¿Por qué no regresaste a Amhuinn?

–Ya estoy en Amhuinn –respondió el unicornio.

–Quiero decir durante todos estos años. ¿Por qué no regresas? Prometiste que cuidarías de nosotros.

–Y eso es lo que estoy haciendo, Penny. Pero tengo otra misión –le respondió con la mirada perdida en la cascada.

–¿Buscar a Belinda?

Hooves abrió unos ojos como estrellas y preguntó esperanzado:

–¿Sabes algo de ella?

–No, lo siento. No sé nada. Me lo contó nuestra abuela.

–Pero seguro que algún día averiguaremos algo –dijo Marcus para darle esperanzas.

Hooves agitó sus crines y relinchó.

–Dentro de poco partiré al norte, pero regresaré y espero hacerlo con ella. Si mientras tanto las cosas se tuercen y tenéis que esconderos, este es el lugar más seguro de todo Amhuinn. Solo quería que lo conocierais. Ahora es tarde y estáis cansados. Le he prometido al ama Octavia que os llevaría de vuelta enseguida.

Entonces se arrodilló para que montaran de nuevo y atravesó la cortina de agua. Si al ir hacia allí ya habían tenido la sensación de volar, no fue nada comparado con la velocidad a la que Hooves cruzó los bosques, las praderas y los arroyos, hasta llegar a las lindes de Berry Manor, cerca del gran arco de flores, donde descabalgaron.

–Gracias por el paseo –le dijeron.

–Ha sido un placer, aprendices de astrosauros –sonrió Hooves–. Si me necesitáis de nuevo, sabréis encontrarme.

Sin que apenas tuvieran tiempo de alzar la mano para acariciar su cuello, se alejó hacia la Pradera de los Unicornios, dejando tras de sí una estela plateada.

Penny y Marcus se encaminaron hacia la casa, felices de haber cabalgado sobre un unicornio real. Al pasar junto al cobertizo oyeron un ruido y, antes de que pudieran darse cuenta, algo gigantesco y monstruoso surgió de entre las zarzas, tomó a Marcus con sus dedos y lo levantó unos metros del suelo. En cuanto Penny vio que su hermano alzaba las manos contra aquella cara, gritó:

–¡No, Marcus! ¡Es Robustus Lommond, un amigo!

–¡Pues que me suelte o le achicarro!

El gigante lo depositó de nuevo en el suelo y Marcus se puso en pie.

–¿Qué haces de noche por aquí? –se extrañó Penny.

–¡Oh! Nada en particular, la verdad –se sonrojó el gigante.

–Robustus... –le reconvino ella con una mirada acusadora.

El hombretón bajó los ojos avergonzado y confesó:

–¿Recuerdas las Navidades pasadas? ¿Y aquellos pastelillos de crema?

Penny entendió al momento qué ocurría: Robustus Lommond tenía hambre. Le sonrió y le tomó de la mano.

–Anda, vamos –dijo.

Los tres llegaron al jardín de Berry Manor y, al pasar frente al cobertizo, vieron que, aunque era noche cerrada, Defectus Sidebottom salía por la puerta y corría hacia el bosque apretándose las tripas.

–¡Y no regreses hasta que hayamos limpiado toda esta porquería! –le chillaba su mujer, Luciérnaga, desde la puerta.

–¡Cochino! –añadió su hermana Hortensia.

–Hace unos meses, Luciérnaga estaba ciegamente enamorada de él, y ahora, mira... –se sonrió Penny.

Penny entró en Berry Manor, fue a la cocina y cogió una buena porción de tarta de frambuesa. Cogió también algunos bollos de chocolate y, cuando tuvo las manos llenas, salió al jardín. Se lo llevó a Robustus, que lo recibió con unos ojos como platos y partió de nuevo hacia el bosque, satisfecho con su cargamento de dulces.

–Creo que ahora ya conoces a todos en Berry Manor –dijo Penny a su hermano.

Entonces se retiraron a descansar.

–¿De qué te ríes? –se extrañó Penny mientras subían por las escaleras.

–De nada. ¿Vas a mirar la luna por la ventana antes de dormirte?

–¡Qué bobo eres!

Marcus le sacó la lengua y cerró la puerta de su habitación antes de que ella pudiera replicarle. Pero Penny no tenía intención de hacerlo. Estaba tan feliz que tuvo la sensación de flotar hasta la cama, donde un minuto después dormía como un tronco.

Marcus lo hizo con una sonrisa de oreja a oreja. Aquel lugar le estaba empezando a gustar más de lo que había supuesto, y la llamita que meses antes había brotado en Shangri-La se había convertido en un fuego abrasador. Por primera vez en su vida, era feliz.

13
COMIENZA EL CONCILIO DE BRITANNIA

Esa misma noche, cuando todos dormían, alguien llamó a la puerta de Berry Manor.

La abuela Octavia fue a abrir y se encontró con Quirón Blackhorse, que siempre escogía noches serenas como aquella para charlar a solas. Dejó la puerta entornada y salió con él. Caribdis y Oribdis los reconocieron de inmediato y siguieron sobrevolando la finca.

–¿Cómo estás? –le preguntó el centauro.

–Siento una gran alegría, y presiento mucho peligro también –le respondió ella.

–Te debates entre tus nietos y la supervivencia de Amhuinn.

–Exacto –repuso la DAF de Escocia.

Quirón hurgó la grava con una pezuña y luego la miró gravemente.

–Sabes que tienen una misión –dijo–. Las cosas no suceden porque sí.

–Lo sé, Quirón. Quizás sea verdad que todo depende de ellos, pero... ¿debo dejarlos ir ahora que los acabo de recuperar? Marcus todavía está muy débil.

El viejo centauro asintió y luego dijo gravemente:

–Los dos son astrosauros, Octavia, y de los buenos. Ya sabes que desde tiempos de Sigrid de Suecia...

–Ya sé, ya sé...

–La supervivencia de muchos está en sus manos, Octavia –insistió el centauro–. Y Amhuinn...

–Amhuinn debe pervivir. Eso juré al tomar posesión del Decanato, pero si les ocurriera algo no lo podría soportar. Ya no tengo treinta años, ¿sabes? Desde la muerte de Máximus he tenido que hacerlo todo yo sola. Tú, Grizela, Calpurnia y los demás me habéis ayudado, por supuesto. Sin embargo, siento que la carga es cada día más pesada. Quizás sea ya hora de nombrar un heredero...

El viejo centauro se sorprendió al oír esas palabras. Permaneció callado unos segundos y luego añadió:

–Decidas lo que decidas, harás lo correcto. Estoy seguro.

La abuela se pasó la mañana siguiente en la cocina para preparar el Concilio de Britannia. Y Marcus, que estaba muy interesado en conocer la receta de la tarta de frambuesa, se ofreció a ayudarla.

Así pasaron el día, entre harinas, azúcares, mermeladas y chocolates, hasta que la mesa de la cocina se llenó de montañas de pasteles, dulces y fruslerías de todo tipo.

El resto del día sucedió sin ningún contratiempo y por la cocina solo apareció Noel. Le susurró a Marcus que después de comer podían bajar al Mitozoo a ver los animales, una idea que a Marcus le entusiasmó.

Al caer la tarde, el cielo se cubrió de nubarrones negros, aunque no empezó a llover hasta media hora más tarde y Penny lo observó con la nariz pegada a la ventana.

–Parece que todas las noches que se convoca un Concilio de Decanos tenga que diluviar –refunfuñó recordando el del verano anterior.

Su abuela ultimaba los preparativos para la reunión y, con ayuda de su hija Aurelia, llenaban las bandejas con toda clase de dulces.

A las ocho, el reloj marcó gravemente la hora y tía Aurelia indicó a Penny:

–Cariño, coge el paraguas y ve a avisar a Caribdis y Oribdis de que tenemos visita, por favor. Que no se alarmen.

Penny salió al jardín, que olía a hierba y tierra mojada. Se acercó a la verja de la entrada por el caminito que serpenteaba entre las flores. Estaba a punto de oscurecer por completo. Aguardó un minuto y oyó un chasquido. Al instante, la estatua de Caribdis empezó a arder hasta que se volvió incandescente. Luego fue el turno de Oribdis, que también chisporroteó como si estuviera hecha de fuego. Cuando terminaron de transformarse, ambas desplegaron las alas con un crujido.

–Hola, Penny –la saludó Oribdis desentumeciendo el cuello.

–Buenas noches. Venía para deciros que esperamos invitados –las informó mientras bajaban de los pilares de un salto–. Dentro de un rato llegarán los decanos de Inglaterra, Gales e Irlanda.

–¡Huy, Caribdis! –se sonrió maliciosa su hermana Oribdis–. Entonces vendrá ese chico... ¿Cómo se llamaba el grifo del Decano de Inglaterra?

–Heathcliff –se sonrojó Caribdis–. Heathclif Arrow. Pero entre nosotros no hay nada.

–Ya, ya... –se burló Oribdis con una mueca.

–Que no...

–No poco...

Las dos siguieron discutiendo sobre el apuesto grifo mientras se elevaban al cielo para empezar a patrullar, y Penny regresó a la cocina.

En ese momento, su abuela estaba espolvoreando de azúcar unas magdalenas y Pippa ayudaba a su tía Calpurnia a servir las mesitas del salón.

–¿Dónde se han metido Marcus y Noel? –les preguntó–. Hace rato que no los veo.

–Creo que han bajado al Mitozoo a charlar con el trol –la informó Pippa–. O al menos eso han dicho esta mañana.

–¡Por las barbas del centauro! –se escandalizó tía Aurelia, que se abanicaba con una revista en el sofá.

–¿Marcus sabe hablar con trols? –preguntó muy interesado tío Claudio.

–Eso parece.

–¿Os importa avisarlos, Penny y Pippa? –les dijo la abuela–. Dentro de nada empezarán a llegar los invitados, y quiero que todo esté perfecto.

Las dos bajaron al Mitozoo en un periquete y encontraron a Marcus y Noel sentados frente al musculoso y gigantesco trol. El animal ocupaba la jaula más grande de todas, se había enderezado y gesticulaba mientras emitía graves ronquidos. Marcus le respondía de la misma manera y a veces hasta le hacía sonreír.

–¿Qué dice? –quiso saber Pippa.

Marcus se encogió de hombros.

–Que tengo un acento muy divertido.

–¿Y qué más?

–Nos ha dicho que en Ughol Arn podía pasear libremente y que aquí está encerrado. Además, la comida que le dan le provoca flatulencias.

–No hace falta que lo digas –dijo Pippa tapándose la nariz.

–O sea, se está quejando –Penny le miró con desaprobación mientras el inmenso trol bajaba los ojos avergonzado.

–Más o menos –dijo Marcus encogiéndose de hombros–. ¿No podríamos sacarle a dar un paseo?

–¿Estás loco?

–Hablaré con Quirón a ver si él...

–Bueno, eso ahora da igual –le interrumpió Penny–. Ha dicho la abuela que subáis. Dentro de nada empezarán a llegar los invitados.

A esa hora apenas lloviznaba y la abuela había encendido las farolas del jardín. Cuando el reloj de pared marcó las ocho y media, se oyeron las campanillas anunciando al primer invitado.

¡Ding! ¡Ding! ¡Ding!

–¡Es Cornelia Gruffyd! –chilló alborozada Lucinda Caldwalader desde la puerta.

La Decana de Gales había llegado en un carro tirado por caballos alados, y un elfo que parecía flotar por la hierba le daba la mano.

–Gracias, Umbriel –dijo la mujer al elfo rubio como el sol que la había ayudado a descender de la carroza.

La anciana pisó el suelo y enseguida agarró la muleta que le tendía su marido Clarence, que descabalgaba detrás de ella. Los dos vestían unos preciosos mantos verdes con hojas de laurel cosidas en hilo de oro.

Mientras los Gruffyd colgaban las capas del perchero, reconocieron a la figura que andaba aprisa hacia ellos por el vestíbulo.

–¡Octavia! –dijo entusiasmada la Decana de Gales.

–¡Cornelia y Clarence! ¡Qué alegría veros tan bien! ¿Cómo están esas piernas, Cornelia? ¿Listas para un partidito de rugby?

La Decana de Gales se rio con la ocurrencia y la tomó de la mano.

–Todavía no, pero todo llegará –dijo guiñándole un ojo–. Antes de que se me olvide, Clarence y yo queríamos agradecerte que Demetrius y Claudio vinieran para ayudarnos a capturar a la equinaqua. Lo hicieron de maravilla.

–Exacto –dijo su marido Clarence con una mueca–. Aquella pequeña nos ha dado unos buenos quebraderos de cabeza.

Entonces se oyó un grito procedente de los nubarrones:

–¡Yujuuuu!

Era Fulgencia Gallagher, que bajaba en picado montada en una pequeña cría de dragón irlandés, verde como una hoja de morera. Al llegar al jardín, tiró de las riendas y el animal frenó delante de la puerta.

La Decana de Irlanda se protegía de la lluvia con un abrigo que le llegaba hasta los tobillos. En la mano sostenía un cayado rematado con una piedra que desprendía una luz azulada.

La anciana se apeó de su montura con tan mala fortuna que lo primero que hizo fue meter el pie en un charco.

–¡Por el gran druida Robustus! –se quejó–. ¡Qué manera de llover!

–¡Fulgencia! –la saludó la abuela Octavia–. ¡Cuánto tiempo!

–Vaya tiempecito, Octavia. ¿Siempre vas a convocar tus concilios el peor día del año?

Luego, la recién llegada se percató de quién tenía al lado y estornudó.

–¡Cornelia Gruffyd! ¿O debería llamarte mejor Cornelia Pata de Palo? ¿Cómo estás?

–Bien, cariño, bien –la saludó pellizcándole la mejilla–. Y seca. Nosotros hemos volado en carroza.

Las tres mujeres se fundieron en un abrazo y la irlandesa se dirigió a la Decana de Escocia:

–Espero que haya pastelitos de todos los colores. El zampabollos de Augustus también viene, ¿no? –se sonrió con malicia.

–¡Fulgencia! –se escandalizó Cornelia Gruffyd al oír calificar de aquella manera al Ilustre Decano de Inglaterra–. ¡Sigues siendo una descarada!

–Sí, también está invitado... –le respondió Octavia Berry colgando su abrigo del perchero–. Y he preparado té con menta, como te gusta a ti...

–Genial. ¿Hay galletas también?

–Las que quieras –sonrió la abuela al recordar lo golosa que era la irlandesa–, y tarta de crema, y magdalenas.

–Estupendo.

Fulgencia Gallagher avanzó por el pasillo hasta que se sentó junto a la chimenea. La abuela le trajo un par de pantuflas porque tenía las botas completamente empapadas, y la Decana de Irlanda sonrió:

–Esto sí es un detalle. ¿Y este joven tan apuesto? –dijo.

–Es mi nieto Marcus.

–¡Ah! Marcus... –murmuró la anciana sin darle importancia, hasta que al terminar de calzarse las zapatillas exclamó–: ¡Marcus! ¿Tu niet...? ¿El hijo de Percy y Rose? ¿Pero cómo habéis...?

–De eso, entre otras cosas, tratará el concilio, hermosa –le respondió la abuela Octavia alargándole los pastelitos de crema.

–En esta casa una se lleva sorpresas cada día –exclamó la irlandesa sin dejar de observar lo mucho que se parecían los dos hermanos–. En fin, que sea lo que tenga que ser.

–Eso digo yo siempre –sonrió la abuela Octavia.

Los Gruffyd y Fulgencia Gallagher estaban confortablemente sentados junto a la chimenea cuando las campanillas de la entrada repicaron de nuevo.

¡Ding! ¡Ding! ¡Ding!

Penny fue a abrir seguida por Marcus. En la puerta esperaba Augustus Blackfriars. Caribdis ya había aterrizado al lado de Heathcliff Arrow, el grifo del Decano de Inglaterra, y le observaba con los ojos entornados.

–¡Buf! ¡Vaya tormenta! –dijo el propietario de Libros Viejos y Otras Cosas Más o Menos Interesantes, quitándose la capa empapada–. Siento llegar tarde.

Al ver quién estaba en la puerta junto a Penny, sonrió.

–Marcus, Marcus, Marcus... Tu abuela debe estar en una nube de felicidad. Esperemos que pronto podamos completar el rompecabezas que se rompió hace más de once años. Tu llegada traerá cola. No quiero decir que no hubiera que hacerlo, por supuesto que sí. Solo que los nigromantes se encolerizarán y todo se precipitará. Vuestra abuela ha hecho bien en convocar el concilio.

Luego entró en Berry Manor, colgó su capa en un gancho y pasó al salón con los demás. Saludó a todos respetuosamente y paseó los ojos por los pastelitos de crema y chocolate mientras la boca se le hacía agua.

–Augustus... –le saludó la abuela Octavia, que entraba en el salón con una bandeja de canapés.

El Decano de Inglaterra le besó caballerosamente la mano. La abuela le invitó a sentarse junto a los Gruffyd y le sirvió una taza de té mientras el ilustre DAF de Inglaterra atacaba las rosquillas de nata y almendras.

–¿Un azucarillo, como de costumbre?

–¡Mmm! –contestó él con la boca llena de nata.

–¿Estamos todos ya? –dijo entonces la DAF de Escocia.

Sin esperar ninguna respuesta, fue hasta la chimenea y corrió la cortinita que cubría un cuadro colocado en la pared.

–¿Quién es esta señora? ¿Una antepasada? –se extrañó Marcus al ver a la bondadosa anciana del retrato.

–No, cielo –sonrió la abuela–. Es su majestad la Reina. Siempre preside nuestras reuniones.

–¿Pero ella está al tanto de...? –se extrañó Penny.

–¡Oh! –exclamó Octavia Berry–. Su majestad lo sabe todo...

–Abuela... –se burló Penny–. Parece que toméis juntas el té cada tarde.

–Pues te reirás, pero hace unos años, una tarde en el castillo de Balmoral... Pero dejémonos de viejas historias. Esta noche hay muchos temas que tratar, y todos son igual de urgentes.

Entonces miró a los decanos y empezó a narrar todo lo que había sucedido desde la llegada de Penny a Berry Manor.

14

EL HECHIZO DE LOS DRUIDAS BLANCOS

Mientras escuchaban lo que Penny y Marcus habían averiguado en las entrañas del Bardarbunga, Augustus Blackfriars no dejaba de atusarse los bigotes, pensativo; Cornelia Gruffyd daba golpecitos en el parqué con su muleta, y Fulgencia Gallagher miraba taciturna el leño que chisporroteaba en la chimenea.

Al terminar, la abuela sorbió de su taza de té y dejó a Augustus que condujera la reunión, como Decano Mayor de Britannia. El librero se limpió la nata del bigote y dijo:

–Parece que tenemos unos cuantos asuntos entre manos, y todos graves. Para empezar, y si los demás estáis de acuerdo, hemos de asegurar los límites de Amhuinn. Por mi parte puedo enviaros mañana mismo un batallón de oteadores. Quizás una compañía de elfos galeses o irlandeses también irían de perlas.

–Contad con ello –dijo enseguida Cornelia Gruffyd, que se sentía en deuda con el Decanato de Escocia por lo de la equinaqua–. Mañana por la tarde llegará nuestra hija Ghiliân con cien de sus muchachos.

–Perfecto –continuó Augustus Blackfriars, agradeciendo el gesto–. Lo segundo, y puesto que los nigromantes han decidido atacar Berry Manor, es que... quizás haya que llevarse a todos de aquí...

Al oír aquello, los ojos de la abuela Octavia se oscurecieron y sus mejillas empezaron a temblar. Jamás había pensado que sus animales tuvieran que abandonar Amhuinn. Eso era un éxodo, una huida, y no había sucedido nada igual desde tiempos de Ian Singlehorn, en el siglo IX.

–¿Adónde, Augustus? –repuso incómoda–. ¿Adónde quieres que me los lleve?

–¿Has pensado en Cairngorms? –sonrió el Decano de Inglaterra, calibrando el efecto de sus palabras–. ¿No estaban allí las antiguas defensas de los druidas blancos?

Por un momento, Marcus y Penny vieron que los ojos de su abuela se iluminaban aliviados.

–Pues no... no había pensado en ello –dijo la Decana de Escocia, recuperando el color en las mejilas.

–Exacto –dijo satisfecho Augustus–. De este modo podríamos adelantarnos y cogerlos con el pie cambiado. Si tienen planeado usar Cairngorms como cuartel, no les gustaría mucho ver que ya está ocupado. Una fortaleza como aquella, si se reconstruye, puede ser inexpugnable.

–Sí, pero nadie ha visitado las ruinas de Cairngorms desde tiempos de Bobby O'Hara –objetó Octavia Berry–. Déjame pensarlo unos días.

–¿Quién era ese O'Hara? –susurró Marcus.

–Creo que era el decano que descubrió que en los barrancos de Ughol Arn aún vivían gigantes –respondió Noel–. Además reforzó las defensas de Cairngorms.

–¿Y dónde está eso?

–Al norte. Es donde se refugiaron los druidas blancos durante las invasiones de la época oscura, allá por el siglo VI.

–Y si es cierto que se avecina la madre de todas las batallas –prosiguió Augustus Blackfriars cogiendo otro canapé–, lo tercero sería hacer un recuento de las fuerzas con las que contamos. ¿Existe algún mapa que podamos utilizar, señorita Clutterbuck?

La herborista soltó la mano que tenía entrelazada con la de Archibald Footstep y fue a coger un rollo de una estantería. Lo extendió sobre la mesa y todos vieron que se trataba de un mapa antiguo donde figuraban todos los decanatos del mundo.

Fueron repasándolos uno a uno y haciendo anotaciones al margen. Podían contar con los allí presentes, con Vlak de Ucrania, con los escandinavos y los germanos de la Selva Negra. Con los galos no, porque Nicolette Desjardins se había pasado al lado de los druidas negros. De las Américas y del Caribe no tenían noticias. Los persas parecían estar de su lado, y seguro que el Decanato del Himalaya no sucumbiría a las peticiones de los nigromantes; pero no podían decir lo mismo de los mauritanos o de los pompeyanos, ni de algunas tribus del África austral.

–¿Bizancio y la Capadocia? –se interesó Cornelia Gruffyd.

–Descartados –negó Augustus Blackfriars–. Están bajo el control de Pelagio.

–¿Los griegos sí? –preguntó su marido, Clarence.

–Parece que sí –apuntó Calpurnia–. Aunque Aristóteles Rapapolvus aún no ha dado señales de vida.

–De los egipcios podemos olvidarnos, por lo que nos han contado Marcus y Penny de Kefrén Serapis.

Calpurnia pintó de negro el Decanato de las Galias y el de Egipto, y siguieron repasando el resto de provincias.

–¿Y los hispanos? –dijo a continuación la herborista señalando el antiguo mapa con un dedo.

–Esos seguro que acudirán –sonrió Fulgencia Gallagher, que había pasado algunos veranos en Mallorca–. No son muchos, pero sí aguerridos. Un poco primitivos, pero buenos con los toros y las hachas.

A medida que repasaban las provincias, Calpurnia siguió pintando de color negro Ratisbona, Pompeya, Bizancio, la Capadocia y todas las regiones que ocupaban los nigromantes, y el mapa del mundo quedó dividido en dos mitades, una blanca y otra negra.

–¿Podremos contar con los rusos? –le preguntó Augustus Blackfriars, que conocía las buenas relaciones que mantenían con la herborista.

–Sin duda –señaló Calpurnia–. Ayer mismo leímos una carta de Anastasia Strogoff. Vendrán.

Al terminar de señalar las fuerzas de uno y otro bando y ver que estaban igualadas, Augustus abordó un asunto que hizo fruncir el ceño a todos.

–Penny y Marcus han dicho que el innombrable citó en el volcán a Romulus el Cojo, Melinda la Fea y Justiniano el Manco... ¿Es cierto?

Los dos asintieron.

–Si fuera verdad –continuó el Decano de Inglaterra–, aunque confío en que solo se trate de una fanfarronada, significaría que ha reencarnado a los druidas negros de la antigüedad o, al menos, a algunos de ellos.

Un nubarrón oscureció el salón de Berry Manor, y tanto los otros decanos como tía Aurelia y tío Claudio, Lucinda Caldwalader, los Clutterbuck y Archibald Footstep miraron sus tazas en silencio.

–¿Eso de reencarnar es algo así como resucitar? –quiso saber Penny.

–Algo así –gruñó el Decano de Inglaterra, que para pasar el mal trago cogió otra porción pastel de manzana y le pegó un buen mordisco.

Penny recordó que, en Shangri-La, el ave Fénix les había dicho de parte de Augustus Blackfriars que tuvieran cuidado y no se acercaran a la Decana del Himalaya. Podía tratarse de una peligrosa nigromante llamada Gong Gong que había escapado de la cárcel de los Cinco Emperadores de Ho Chi Pim, en el Decanato de la China. Pippa les había dicho que si realmente era una nigromante blanca, tenía el poder de convocar a los espíritus antiguos para que renacieran de sus cenizas, como había hecho con la diosa Durga.

La misma mañana que el ave fénix, el fenghuang, les había explicado todo aquello en Shangri-La, se habían acercado a la biblioteca para consultar el *Catálogo de bestias ocultas y otras por descubrir*. Habían visto la tabla de nigromantes que definía a los blancos como una especie de hechiceros con el extraño poder de reencarnar razas desaparecidas.

Así pues, concluyó Penny, el innombrable era uno de aquellos nigromantes blancos, tenía esa habilidad y probablemente ya la había usado.

El concilio no había terminado, y la abuela tomó la palabra al ver que el Decano de Inglaterra seguía con la boca llena.

–Entonces parece ineludible convocar el Concilio Universal –dijo–. Para eso hemos de anunciárselo a los decanos con unas semanas de antelación, y darles tiempo para dejar arreglados sus asuntos y volar hasta aquí.

–¿Entiendo, entonces, que lo celebraremos en Berry Manor? –preguntó Fulgencia Gallagher.

–Sí –asintió la abuela Octavia–. Aquí siempre sois bienvenidos.

–Perfecto –dijo Augustus Blackfriars, paseando una golosa mirada por encima de las bandejas.

–Propondré conjurar el hechizo, Augustus, y si se aprueba... –soltó la abuela, a sabiendas de que al Decano de Inglaterra la idea no terminaba de gustarle.

–¿Crees que tendremos que llegar a ese extremo? –dijo él, engullendo el pastel de golpe.

La Decana de Escocia asintió y guardó silencio.

–Si no recuerdo mal –dijo el DAF de Inglaterra–, la primera y última vez que se conjuró fue en tiempos de Heidi McStrawberry.

–Me temo que sí –repuso Octavia Berry–, y recuerda que ganó todas las batallas en las que se enfrentó a ellos gracias al hechizo.

–¿Qué es eso de «el hechizo», abuela? –preguntó entonces Penny.

–Vaya, cielo, veo que no dejas una puntada sin hilo.

–No, ya sabes que no –sonrió ella con malicia–. En Shangri-La dijiste que habría que convocar el Concilio Universal y realizar el hechizo, y lo mismo te oímos ayer por la noche, ¿recuerdas, Marcus?

Su hermano asintió y la abuela Octavia alzó los ojos al techo, sopesando si responderles o no. Concluyó que ya era tiempo de terminar con todos los secretos. Si sus nietos estaban metidos hasta el cuello en todo aquello, tenían derecho a conocer el secreto mejor guardado de los druidas blancos. Carraspeó un poco, los miró atentamente y continuó:

–Queridos míos, nos habéis contado que el innombrable ha hecho revivir a Romulus el Cojo, Melinda la Fea y Justiniano el Manco, y que ellos custodian los sepulcros de vuestros padres en esa Cripta de los Olvidados. Pues bien, estos tres nigromantes fueron los druidas más sanguinarios, crueles y mezquinos de la antigüedad. Y lo fueron tanto que ni aparecen en nuestros libros de historia. ¿Me equivoco, Lucinda?

–Para nada –repuso la anciana sanadora–. No se cita ni a uno de esos desgarramantas.

Penny y Marcus asintieron sin perderse ni una palabra, al igual que hicieron Pippa y Noel.

–Bien –continuó la abuela Octavia–, pues tenéis que saber que nosotros, los druidas blancos, también tenemos nuestro pequeño conjuro, que podemos realizar con el caldero de Robustus el Blanco. ¿Os suena su nombre?

Marcus dijo que no con la cabeza, pero Penny recordó ese nombre de haberlo leído en la historia de Aurelius O'Hara.

–Fue un druida que vivió en época de los romanos, ¿verdad? Creo que hizo un tratado con el emperador Augusto y expulsó a los nigromantes de Britannia.

–Exacto, cielo. Además, viajó desde Edimburgo seguido por cientos de animales y se estableció en unos preciosos bosques a los que bautizó como Amhuinn. Robustus era un hombre de una sabiduría y una experiencia fuera de lo común. Tenía un caldero y un conjuro viejo como las piedras, que ha pervivido entre los druidas blancos de Escocia de generación en generación.

–¿Y tú lo conoces, abuela? –se interesó Marcus.

–Lo conozco, lo conozco –respondió–. Los nigromantes no son los únicos que pueden hacer revivir a sus druidas, hijos míos.

Nosotros también podemos invocar a nuestros antepasados ¿Qué se han creído esos papanatas? Aunque, para invocarlos, la ley nos obliga a que el Concilio Universal lo apruebe por unanimidad.

Penny se quedó boquiabierta imaginando cómo los druidas pintados en los cuadros del vestíbulo recobraban la vida de una misteriosa forma. Entonces se vio montada sobre Ashwhite junto a los romanos Claudius Minus y Arturus Maximus; al lado de Duncan Doublehorn, que construyó la primera fortaleza en Amhuinn; trotando junto a Scot Whistle, que capturó y domesticó a Ashwhite el Blanco, y junto a Dora Berry I, la gran pastelera, que había salvado a una joven Cecilia Knots de las garras de una hidra; también se vio acompañada de Heidi McStrawberry la Intrépida, vencedora en cuatro batallas contra los nigromantes e íntima amiga de Sigrid de Suecia, la mejor astrosaura de todos los tiempos.

–¿Y... y dónde están sus tumbas? –preguntó entonces Noel, que había permanecido callado hasta ese momento–. Porque si están muertos deben estar en unas tumbas, ¿no?

–Sí, cariño –le respondió su tía–, todos reposan en el cementerio de las montañas heladas de Ben Macdui, no lejos de Cairngorms. Pero nadie se ha aventurado por allí desde hace mucho mucho tiempo. Es mejor dejar que los muertos descansen en paz, ¿entiendes?

Después de esa revelación, la abuela empezó a tratar el último asunto del día.

–He dejado para el final el punto más delicado de todos –dijo–, el paradero de nuestros queridos Percy y Rose...

Al oír que pronunciaba sus nombres, Penny se estremeció. Era la primera vez que los escuchaba de sus labios. Como si hasta ese momento recuperarlos hubiera sido una posibilidad tan remota que pareciera un imposible.

–Han dicho los chicos que los tienen en la Cripta de los Olvidados, ¿no? –recordó Cornelia Gruffyd–. ¿Alguien sabe dónde está eso?

Todos negaron con la cabeza, y la Decana de Gales dijo a continuación:

–Al menos ya sabemos dónde están. Todo es empezar.

–Solo una persona en este mundo sería capaz de conocer tal secreto –dijo entonces Augustus Blackfriars.

–¿Quién? –se sobresaltó Penny.

–Adalbertus de Lindisfarne.

–¿Es cierto que está loco? –se interesó Pippa, que llevaba mucho rato callada.

–No –respondió de inmediato Augustus Blackfriars, que parecía conocerle bien–, no está loco. Pero ya no pertenece a ningún Decanato. En cualquier caso, la fórmula de Zaratustra debería estar en la vieja biblioteca de la antigua Lindisfarne, en la sección de magia negra. Quizás Adalbertus sepa también dónde encontrar esa Cripta de los Olvidados. Creo recordar que en mi librería conservo algunos libros sobre la isla y su antigua abadía. Algunos son muy viejos. Quizás podamos encontrar algo de utilidad.

Las conclusiones del concilio fueron varias, y Lucinda Caldwalader se encargó de ponerlas sobre el papel con una caligrafía bella y anticuada.

La primera de ellas fue redoblar la vigilancia, y para ello se había acordado que desde Gales se enviaría una compañía de elfos, y otra de oteadores desde Inglaterra, que se distribuirían por los bosques. La abuela accedió a que Caribdis y Oribdis permanecieran despiertas todo el día. En segundo lugar, que se convocaría el Concilio Universal para la última semana de julio. En tercero, que la abuela Octavia decidiría si trasladar todos los animales fantásticos a los abrigos de Cairngorms. Y por último, que los cuatro chicos viajarían a Lindisfarne para entrevistarse con el druida Adalbertus, encontrar la pócima de Zaratustra y conocer el paradero de Percy y Rose.

El concilio terminó cuando el reloj marcó las diez y media de la noche y ya no quedaba ningún pastelito encima de las bandejas. Entonces, los tres decanos montaron en sus respectivos vehículos, y Augustus Blackfriars se subió a su grifo.

–Entonces os espero mañana por la noche en Londres –dijo a Penny y Marcus–. A ver qué encontramos que pueda seros útil.

Segundos después, su animal pegó un salto y el dueño de Libros Viejos y Otras Cosas Más o Menos Interesantes se perdió entre las nubes detrás de los Gruffyd y de Fulgencia Gallagher.

Caribdis se quedó mirando cómo Heathcliff Arrow llevaba de vuelta a Augustus Blackfriars a Londres y suspiró.

15

LIBROS VIEJOS Y OTRAS COSAS MÁS O MENOS INTERESANTES

Al día siguiente, Penny y Marcus se prepararon para hacer una breve visita a Augustus Blackfriars en Londres y recabar información sobre Lindisfarne. Tenían que viajar de noche para que Ashwhite no aterrorizara a toda una nación. Por eso, en cuanto anocheció, y después de engullir unos bocadillos, se prepararon para salir. Antes, sin embargo, Penny cayó en cuenta de algo.

–Marcus no tiene capa –le dijo a su abuela.

–Es verdad, tesoro. Entonces acompañadme, a ver qué encontramos arriba.

–Ni guantes –añadió.

La abuela los llevó a su habitación, revolvió en un viejo baúl y tendió a Marcus una capa de piel amarilla que estaba tanto o más chamuscada que la de Penny.

–Consérvala –le dijo a su nieto–. Esta capa de dragón africano fue la que usé en An Ard.

Marcus la cogió como si se tratara de una reliquia y se la colocó por la cabeza.

–Perfecta, te va como anillo al dedo –le sonrió su abuela.

Las mangas le quedaban un poco largas y arrastraba el faldón por el suelo al caminar, pero llevar la capa de una druida que había salido vencedora en dos batallas hizo que se sintiera como un campeón. Luego, su abuela le tendió un par de guantes de piel de gamo y los tres bajaron al jardín, donde Ashwhite los esperaba con las bridas en el hocico. Tío Claudio y tía Aurelia los observaban a través del ventanal del salón.

–No sé cómo mamá los anima a cometer estas locuras –refunfuñó ella al ver cómo se subían al lomo del animal, que se volvió hacia los ventanales–. ¡Encima, el muy descarado me ha sacado la lengua!

–Solo es un dragón, Aurelia –dijo su marido para sosegarla.

–Sí, ¿te parece poco...?

En cuanto Penny y Marcus estuvieron montados sobre el animal, Marcus le susurró al oído:

–¿Podré llevarte un rato?

–Mmm... –rumió el dragón–. ¿Sabes hacerlo?

–Claro.

–Bueno, ya veremos. No soy muy amigo de improvisaciones.

Con estas palabras, Ashwhite pegó un patadón en el césped y se elevó por encima de las nubes. Enseguida desplegó sus alas de bombardero y las batió con fuerza para poner rumbo al sur.

El vuelo hasta Londres fue igual de rápido que siempre. En cuanto empezaron a sobrevolar la ciudad, Marcus preguntó:

–¿Todas estas luces son Londres?

–Sí. ¿Nunca habías estado?

–No lo recuerdo, Ashwhite.

El viejo dragón no le dijo nada, pero se sonrió por debajo de la nariz. Entonces Penny tiró de sus riendas para que empezara el descenso hacia Charing Cross Road, y un minuto más tarde aterrizó en el callejón cubierto por una densa niebla. Los dejó junto a la tienda de comestibles, que a esas horas permanecía cerrada, y remontó el vuelo para ocultarse entre las chimeneas.

Ellos se dirigieron a la sede del Barclay's Bank, en cuyos sótanos se encontraba el Ilustre Decanato de Inglaterra. Se trataba de un viejo caserón protegido por una verja caprichosa de la que colgaba un letrero:

33 Bis, Charing Cross Road

LIBROS VIEJOS Y OTRAS COSAS
MÁS O MENOS INTERESANTES

Desde 1657

AUGUSTUS BLACKFRIARS JR.

Algo que revoloteaba en el cielo los cubrió con su sombra. Una gárgola semejante a las que custodiaban Berry Manor se posó encima del letrero y se balanceó, observándolos en silencio.

–¡Ah! Sois los Berry –graznó–. El amo ya me había avisado.

La criatura les sonrió con una mueca y levantó el vuelo, perdiéndose entre la niebla.

Ellos abrieron la verja y bajaron sigilosamente los escalones hacia la sede del Ilustre Decanato de Inglaterra.

La vieja librería tenía una única ventana y por ella salía una luz amarillenta y mortecina. Penny tiró de una cadenita y unas campanillas resonaron en su interior. Un segundo más tarde, Augustus Blackfriars les abrió la puerta.

–Buenas noches. Pasad, pasad. Como veréis, ya estamos casi del todo instalados en la vieja estación de metro. Venid, os lo mostraré –dijo orgulloso.

Al igual que cuando Penny había estado allí, Augustus les indicó el camino entre las montañas de libros que formaban un túnel hacia el interior. El decano se detuvo frente a un muro de ejemplares atrasados del *Daily Mail,* los empujó con fuerza y abrió una puerta.

Penny y Marcus se encontraron en lo alto de una escalera metálica. A sus pies corría un subterráneo ancho y largo, surcado por vías de ferrocarril que se perdían al entrar en un par de túneles. Bajaron por las angostas escaleras hasta llegar al subterráneo, que estaba mucho más limpio y ordenado que meses antes.

–Es la antigua estación de Leicester Square –le explicó Augustus a Marcus–. La habilitamos como decanato cuando se nos hundió la factoría del Támesis, hace unos años.

Penny recordaba la gran estructura de hierro parecida a la estación Victoria, formada por grandes arcadas y numerosas pasarelas que iban de un lado a otro.

Docenas de hombres y mujeres cuidaban de jaulas en las que dormitaban algunos animales, aunque, por lo que pudieron apreciar a simple vista, eran menos numerosos que los de Berry Manor.

Llegaron a una gran jaula donde un trol estaba echado sobre un montón de paja. Era descomunal y daba miedo, pero saltaba a la vista que estaba enfermo.

–Pobre –murmuró Marcus.

–¿Pobre? ¿Por qué? –se interesó el Decano de Inglaterra.

–Porque tiene gripe intestinal, creo –dijo Marcus.

Augustus Blackfriars llamó a uno de los hombres con bata blanca que circulaban por entre las jaulas:

–¡O'Flaherty! ¿Qué tiene el trol?

–No lo sabemos –dijo el hombre encogiéndose de hombros–. Fergusson le ha administrado antitérmicos y vitaminas, pero hace tres días que no levanta cabeza.

Marcus se acercó al animal, le puso una mano en la frente y susurró unas palabras que ninguno de los presentes entendió. La bestia sí, pues abrió los ojos y murmuró algo que sonó gutural y, por supuesto, ininteligible para todos menos para él.

–Marcus, ¿hablas trol? –se extrañó Augustus Blackfriars.

–Claro. ¿Usted no?

Penny se sonrió y durante un minuto observó cómo su hermano examinaba los ojos del trol; le abrió la boca para oler su aliento y después se levantó.

–Es este aire de la ciudad –concluyó–. Aquí huele raro. Necesita pasar unos días en el campo y comer más lechuga. Eso le ayudará.

Augustus Blackfriars y el tal O'Flaherty se miraron admirados, y el segundo tomó buena nota de los consejos.

–Por cierto –le informó Penny–, Crunchy, el blemia que envió a Berry Manor hace semanas, está mejor, menos violento. Quizás un día de estos le dejemos salir de paseo por Amhuinn.

–¿Estáis seguros?

–Claro –dijo Marcus–. Me pareció un buen chico.

Augustus Blackfriars se rio con ganas y luego murmuró:

–A ti cualquiera que no sea una hidra o un trol de las cavernas te parecerá un buen chico.

Marcus sonrió con modestia, y el librero les indicó con una mano que tuvieran la amabilidad de acompañarle. Terminaron la visita de las instalaciones y regresaron a la librería por las escaleras metálicas. Al llegar arriba, le siguieron entre montañas de libros que formaban un túnel y penetraron hacia el interior de la librería.

El DAF de Inglaterra se detuvo ante una especie de escalera formada por cientos de ejemplares atrasados del *Times Augustus* y subió varios pisos por ella. Recorrió con los dedos los libros de uno de los estantes y luego bajó tambaleándose del mismo modo que había subido. Saltó del montón de periódicos al suelo, se rizó el bigote, pensativo, y luego les dijo:

–Aquí lo tenéis.

Penny y Marcus se acomodaron sobre un montón de libros de historia, mientras el librero les tendía un pequeño libro titulado *Antigüedades y curiosidades de Lindisfarne*, escrito por un tal Alcuino Osborne.

–Se trata de un viejo códice y narra lo que sucedió en Lindisfarne hace más de mil años.

En el libro se narraba la historia de aquel pequeño reducto de druidas, y hacía especial hincapié en el año en que fueron atacados por las fuerzas de los nigromantes.

El 8 de junio del 793, una horda de hombres salvajes destruyeron Lindisfarne. Desembarcaron en la costa adyacente a la abadía y saquearon las poblaciones de los alrededores, pasando a los druidas a cuchillo. En este feroz año, maldiciones funestas cayeron sobre la tierra de Northumbria. Hubo tremendos vendavales, rayos y tempestades, y feroces dragones fueron vistos en el cielo. Estas señales fueron seguidas de una gran hambruna. Nunca antes tal terror había aparecido en Britannia como el que ahora sufrimos de esta raza pagana...

–El lugar fue abandonado poco después –prosiguió el Decano de Inglaterra– y jamás ha sido habitado de nuevo, porque se le cree maldito. Antes de la batalla de An Ard, Adalbertus, arrepentido por haber colaborado en algo así, aunque de modo involuntario, se refugió allí, y poco más se ha sabido de él.

Penny y Marcus pasaron unas cuantas hojas hasta que dieron con una página ilustrada a mano. Se trataba de dos planos. En la mitad superior se podían ver los muros del antiguo monasterio, y en la parte inferior un laberinto.

–Como veis, no está completo –les dijo Augustus Blackfriars señalando algunas partes manchadas de aceite–. Alcuino copió lo que pudo del viejo diseño de Romulus el Cojo, pero hay zonas desconocidas. Aun así, espero que os sirva. Y ahora ya conocéis la historia de Adalbertus; solo tenéis que dar con él. Es un buen hombre y está arrepentido de lo que ayudó a forjar. Por eso nunca sale de la isla y no le gustan las visitas, especialmente si son de alguien que tenga que ver con druidas, ya sean blancos o negros.

Marcus se guardó el librito en el bolsillo interior de su capa y, después de darle las gracias, se dirigieron a la puerta del establecimiento.

La visita había sido breve, y con aquella información en su cabeza y los planos que les había facilitado el librero, Penny y Marcus salieron de los sótanos del Barclay's Bank.

Al llegar al callejón, silbaron y Ashwhite bajó atravesando la niebla hasta que se posó sobre los adoquines.

La calle estaba vacía y solo se oían las canciones y el entrechocar de jarras de un pub cercano.

Los dos se montaron en el dragón, que salió volando hacia Berry Manor. Sin embargo, en lugar de virar hacia el norte para tomar el camino de Escocia, viró hacia el sur y pasó rozando el Big Ben, el Parlamento y, después, la magnífica noria del Ojo de Londres.

–¿Estamos haciendo turismo, señor Bonneville? –le preguntó Penny al ver que hacía una segunda pasada por encima del Puente de Londres.

–Si quieres aterrizó encima del Big Ben... –se burló Ashwhite.

–¡Sí, sí! –dijo Marcus ilusionado.

–¡No, no! –exclamó ella, que sabía que el travieso dragón era capaz de hacerlo.

–No seas sosa, Penny. Hay mucha niebla, nadie nos verá y tu hermano jamás había visto una gran ciudad.

En efecto, Marcus estaba boquiabierto. Le faltaban ojos para admirar cuanto veía bajo la panza del dragón, que también dio una vuelta por Trafalgar Square y el palacio de Buckingham. En cuanto Penny tiró de sus riendas, viró hacia el norte y las lucecitas de la ciudad se fueron apagando.

Durante el resto del trayecto, Marcus se dedicó a interpretar el mapa. Pero lo guardó en cuanto Ashwhite empezó a volar como un rayo, para que no se le escapara de las manos.

Media hora más tarde, se posó suavemente en el jardín de Berry Manor. Dos pequeñas sombras salieron de debajo del magnolio y los avisaron. Eran Pippa y Noel.

–¡Penny! ¡Marcus! Pssst...

–¿Cómo ha ido? –se interesó Noel.

Marcus abrió las páginas en las que salía el plano y los cuatro se echaron en la hierba para estudiarlo.

–Sin duda es un laberinto –dijo Marcus–, un *cuartan*.

–¿Es complicado? –le preguntó Pippa.

–Un poco, pero dependerá de su tamaño. Puede tardarse días u horas en recorrerlo.

–Claro –dijo Penny, como si supiera de qué le hablaba.

–Pero aquí está la biblioteca, ¿veis? –dijo Marcus señalando una cámara que quedaba al oeste y que la leyenda señalaba en celta como *leabhar-lann*.

–¿Pero sabes leer celta? –se admiró Pippa al escuchar que traducía los nombres.

Marcus la miró y dijo:

–En Inverlochy también teníamos libros.

–¿Y magia negra? ¿También sabes? –se interesó Noel.

–Lo básico –se encogió de hombros.

–Caray, eso es un hermano –sonrió Pippa–. Aprende, Noel.

El chico frunció el ceño y replicó enseguida:

–Seguro que no sabe los siete usos de las ortigas.

–No, eso no lo sé –confesó Marcus.

Pippa y Penny callaron y Noel sonrió complacido. Entonces Marcus se fijó en el plano y continuó interpretándolo:

–Aquí hay otras palabras medio borradas. Puedo leer una B, una R y una D.

–¿Significan algo?

Marcus pensó durante unos instantes y luego negó con la cabeza.

–Pueden significar muchas cosas.

–¿Algo más?

–Sí, parece que hay un pozo en el lado norte, un *tuin*.

–¡Ah! –hizo Penny.

–También hay un pedazo que está roído por ratones. Parece una gran cámara y hay tres letras juntas.

–¿Cuáles?

–R... E... I...

–¿Y significan algo?

–Podrían ser muchas cosas. Cámara o cuarto o algo así... Lo que sí significa algo es lo que hay aquí –dijo Marcus señalando la cámara contigua–. Pone *tuamach*, y en celta esa palabra significa... «cementerio».

16
EL DRUIDA NEGRO DE LINDISFARNE

Llegó el día de la partida hacia Lindisfarne y, poco antes de que anocheciera, vieron por la ventana que Ashwhite los aguardaba en el jardín con las bridas en el hocico.

Penny, Marcus, Pippa y Noel cruzaron la puerta de Berry Manor ataviados como el día que habían partido hacia Shangri-La. Tras ellos iban la abuela Octavia, los tíos Aurelia y Claudio y los demás.

–¿Listos, chicos? –rugió el dragón al verlos–. Será un vuelo corto, pero no es el viaje lo que me preocupa, sino el cielo.

–¿Te estás haciendo viejo, Ashwhite Bonneville? ¡No seas gallina! –chilló la señora Knots desde la charca–. ¿Qué serán para ti cuatro truenecitos y unas gotitas de agua?

Pero el dragón estaba en lo cierto: una gran tormenta descendía por las montañas y ya se notaban las primeras gotas de lluvia en la cara.

–Abrigaos y escuchad al druida negro –les advirtió la abuela al verlos junto al dragón.

–¿Podemos confiar en él?

–Sin ninguna duda, Penny. Es muy viejo, se está quedando un poco sordo, no para de hablar y hace muchísimos años que está apartado de todo esto, pero en sus tiempos fue un gran nigromante que nunca quiso formar parte del Concilio de los Druidas Negros.

–Lindisfarne es un lugar misterioso, como sabréis por el libro que os prestó Augustus. ¿Lo lleváis con vosotros? –añadió Calpurnia Clutterbuck para asegurarse.

Marcus asintió. Había estudiado los planos detenidamente y tenía una ligera idea de dónde hallar al viejo druida.

Luego, Penny abrazó a su abuela y con un gesto le indicó a Marcus que hiciera lo mismo. Su hermano titubeó durante unos instantes, pero finalmente se acercó a su abuela, que le abrazó tan fuerte que casi le corta la respiración.

–Cuida de la cría –dijo volviéndose hacia su tía Aurelia.

–¿La cría? –se extrañó ella.

–El bebé –aclaró tío Claudio guiñándole un ojo–. Marcus quería decir el bebé...

–¡Por el gran unicornio azul! –se sofocó Aurelia Pettigrew, pero se rehízo inmediatamente y tiró un beso a su sobrino–. Descuida, Marcus, cuidaremos de... de la cría.

En el momento en que los cuatro montaron a horcajadas en Ashwhite, la abuela se adelantó y le hizo un gesto delante del hocico. El dragón asintió en silencio y ella murmuró:

–Cuídamelos. Los dejo en tus manos, bravo campeón de mil batallas. Y ahora... *Go n-éirí do thuras leat!*

Al oír aquello, Ashwhite rugió con fuerza y Noel susurró a Marcus:

–¿Qué ha dicho tu abuela?

–Campeón de mil batallas.

–Eso ya lo he entendido, melón –se rio Noel–. Quería decir lo que le ha susurrado en celta.

–¡Ah! ¡Eso! –se burló Marcus–. Le ha deseado que tengamos suerte en este viaje. Es bonito que te digan eso.

Entonces Ashwhite sonrió a los que se quedaban en tierra y, de un salto, se elevó por encima de los robles y los abedules.

La abuela Octavia, tía Aurelia, tío Claudio, Betty y Demetrius Clutterbuck y Lucinda Caldwalader vieron cómo subía hacia las nubes y luego viraba hacia el sur. Muy pronto los perdieron de vista entre la neblina.

–Sed cautelosos, hijos míos –rogó tía Aurelia sacando el pañuelo.

–Lo serán –aseguró la abuela Octavia, que los observaba con una mezcla de orgullo y temor–. ¿Alguien quiere una taza de té?

Después de que Ashwhite alzara el vuelo se oyeron los primeros truenos, que resonaron como cañonazos. Docenas de rayos agrietaron el cielo, llenándolo de telarañas de luz, y empezó a diluviar. Los cuatro se cubrieron con la capucha, aunque a los pocos minutos estaban empapados.

–Espero que no sea una costumbre esto de ir sumando gente a estos viajes –se quejó el viejo dragón recordando la ida a Shangri-La–. Empecé con una y luego...

–No seas cascarrabias, Ashwhite –repuso Penny, que sujetaba las bridas.

–Cuatro son más que suficientes –replicó él con un bufido.

–¿Y si añadiéramos una joven dragona de ojos verdes? –le susurró Marcus al oído.

–Hummm... –sonrió el animal volviendo la cabeza–. Eso estaría mucho mejor.

Entonces planeó por encima de Pitlochry y enfiló hacia el este, donde el cielo parecía más despejado.

–Vuela tan bien como Ashkort –admiró Marcus al ver cómo Penny le dirigía–, pero es más viejo.

Al oír aquello, Ashwhite emitió un gruñido que les heló la sangre.

–Mucho más experimentado, quería decir –añadió Marcus para arreglar la metedura de pata–. Ashkort es un principiante.

–Eso está mejor –gruñó el dragón.

Entonces, Noel miró a Marcus y susurró:

–¿No habría sido más fácil que el tal Adalbertus nos enviara el libro de Zaratustra?

–Dudo que quiera entrar en ese laberinto.

–¿Por qué lo dices, Marcus? –dijo Pippa sintiendo un primer escalofrío.

–Porque no sabemos qué vamos a encontrarnos ahí dentro –le respondió él, abriéndolo por la página de los planos–. Lo peligroso son sus partes incompletas.

–Pues hay unas cuantas –señaló Noel–. Aquí, aquí y aquí...

Marcus asintió y luego cerró el librito para guardarlo en el interior de su capa.

A la altura de Dundee, Ashwhite viró hacia el sur y sobrevoló la bocana del puerto. Junto al buque *Intrepidus*, en una zona protegida del muelle, nadaba el monstruoso hipotaurón que los tíos de Penny habían capturado en Sydney el verano anterior.

–¡Vaya bestia! –se le escapó a Marcus.

–¿Cómo? –dijo airado Ashwhite.

–No, no me refería a ti, sino al tiburón.

Ashwhite sonrió entre dientes. Empezaba a coger cariño al pequeño Berry, que era clavado a su amita Penny, pero más guasón y gamberro, como a él le gustaban los muchachos.

–Ahí lo tenéis –anunció el dragón minutos más tarde al divisar una pequeña isla de forma triangular–: Lindisfarne.

El mar estaba embravecido y las olas encrespadas golpeaban los acantilados del islote arrancando montañas de espuma. En el centro, en mitad de los prados de color verde oscuro, sobresalían las ruinas de piedra de lo que antaño había sido un monasterio. En uno de sus vértices se adivinaba la forma de un antiguo castillo. Estaba separado de la isla por una lengua de arena que a veces quedaba cubierta por la marea.

–¿Dónde estará Adalbertus?

–Probablemente en el castillo, Penny –dijo su hermano–. Este lugar parece del todo deshabitado.

Ashwhite aterrizó en la isla, no demasiado lejos del castillo, bajo una espesa cortina de agua que apenas permitía ver.

Anduvieron por un lodazal hacia la negra fortaleza. Antes de empezar a subir las escaleras de piedra, Penny se detuvo: en un extremo del muro que daba al mar, un ghoul de grandes orejas trepaba por los escalones. Al llegar arriba se escondió detrás de una figura de larga barba plateada, vestida con una capa con capucha azul, que los invitó a subir con un gesto de la mano.

Cuando los cuatro llegaron hasta él, comprobaron que sus ojos estaban rodeados de arrugas. Sin embargo, lo que más destacaba en su rostro no era la nariz afilada o la boca que se curvaba en una especie de sonrisa, sino su mirada. Era tierna y bondadosa, pero saltaba a la vista que aquel hombre había gozado antaño de un gran poder, que probablemente conservaba. Sus manos eran nudosas y una de ellas sostenía un bastón que le ayudaba a caminar.

–Buenas noches –los saludó el anciano.

–¿Es usted Adalbertus? –le preguntó Penny.

–Adalbertus soy.

–Venimos de parte de...

–Ya sé, ya sé, pero no os quedéis ahí; está diluviando. Pasad –añadió mientras empujaba la puerta del castillo.

Al fondo había una sala y los cuatro recorrieron el oscuro pasadizo. El anciano druida entró detrás de ellos, dejó su capa mojada sobre un arcón y preparó una tetera sobre el gran fuego que ardía junto a un ventanal. Luego los invitó a sentarse sobre los tapices que cubrían el suelo.

El lugar era pequeño, pero confortable. La habitación servía a la vez de dormitorio, biblioteca y laboratorio. Encima de las mesas había muchos frascos, cacerolas y pucheros. Todos llenos de polvo, como si no hubieran sido usados desde hacía una eternidad.

La sala estaba débilmente iluminada por el leño que ardía en la chimenea. Olía al tomillo y la hierbabuena que contenían los tarros que reposaban sobre un escritorio y sobre el alféizar de la ventana, a través de la que se veían los rayos de la tormenta y el mar embravecido que barría la fortaleza.

En cuanto estuvieron alrededor del fuego, el anciano les ofreció una copa de hidromiel. Los contemplaba con una mezcla de gravedad y benevolencia, aunque parecía fatigado.

–Graves preocupaciones se ciernen sobre los corazones de los druidas blancos, ¿me equivoco? –les dijo con su voz profunda–.

De otro modo, no habrían enviado a cuatro valientes mensajeros a dialogar conmigo.

A Marcus, su sonrisa le recordó a la del innombrable. Eso no le gustó nada y se puso en guardia. El viejo druida de ojos grises debió percibirlo, porque de inmediato se volvió hacia él.

–Tranquilo, pequeño Berry. No tenéis nada que temer. El peligro no está entre estas cuatro paredes, sino allí –añadió señalando hacia las ruinas que se entreveían a través del ventanal.

Los chicos miraron hacia donde apuntaba su dedo, pero allí no había nada que supusiera peligro.

–Antaño –continuó el viejo druida–, en las cámaras secretas de la abadía, los ancianos druidas preparaban elixires tan poderosos como malignos. Desde sus torres interrogaban a las estrellas, y a veces obtuvieron sorprendentes revelaciones. Muchos cayeron en la locura y se atrevieron a intentar lo prohibido deslizándose en el oscuro pozo de las artes negras. Hasta que fueron conquistados por otros peores que ellos, y ese fue el final de Lindisfarne.

Entonces calló y bajó los ojos, pensativo.

–Nosotros venimos por algo muy grave –dijo Penny, confiando en la benevolencia del anciano–. Los nigromantes han amenazado a los druidas blancos. Creemos que algo terrible está a punto de suceder.

El hombre abrió los ojos y asintió. Después bebió un sorbo de hidromiel y habló de nuevo:

–Desde hace muchísimos años vivo alejado de todo aquello, pequeña Berry. Durante años intenté mantener la paz y el equilibrio entre los druidas negros y los blancos, pero lo que sucedió en An Ard me hizo comprender que había sido demasiado presuntuoso, así que me retiré a esta isla.

–¿Qué sucedió en An Ard? –quiso saber Noel, que había oído mil historias sobre la legendaria batalla.

–An Ard... –repitió el druida, pasándose una mano por los ojos cansados–. ¿Habéis oído algo de la batalla?

–Sí, algo sí –dijo Penny.

–No –dijo Marcus.

El hombre los miró con amabilidad por debajo de sus pobladas cejas grises, sorbió de nuevo su hidromiel y rumió durante unos segundos.

–An Ard es un castillo situado en la cima del Balswirth. Fue propiedad de los Donndubhan, que desde la época de César Augusto habían guerreado contra los druidas blancos de Amhuinn. Durante unos años tuve la loca ilusión de lograr la paz entre los dos bandos.

»Hace casi cuarenta años, creí que había convencido a mi joven discípulo Cedric Donndhuban para terminar de una vez con las rencillas, pero entonces él perpetró el acto más cobarde y ruin de todos y me demostró de qué estaba hecho su corazón. Porque tenéis que saber que la bondad y la maldad residen en nuestros corazones. A veces usar un tipo de magia u otra puede marcarte para el resto de tu vida, pero no es lo que usas, sino cómo lo usas, lo que te enaltece o te envilece, ¿me seguís?

Los cuatro asintieron y el viejo druida continuó:

–Bien, pues como decía, hace cuarenta años, Cedric Donndubhan convocó a algunos druidas del sur para sellar la paz en su fortaleza de An Ard. Allí acudieron Máximus Berry, Oswald Griffith y Cornelius Osborne. Sin embargo, Cedric los envenenó invitándolos a beber una jarra de hidromiel.

Penny se tapó la boca con una mano. Marcus sintió un nudo en la garganta y apretó los puños, porque aquello era precisamente lo que estaban bebiendo desde que habían entrado en la fortaleza.

El anciano se percató de la zozobra que sus palabras habían provocado y alzó las manos para excusarse.

–No, no temáis –sonrió amablemente–. En vuestras copas solo había hidromiel.

Todos menos Marcus respiraron aliviados, y el druida prosiguió con su relato:

–Entre los que murieron envenenados esa noche se encontraba el DAF de Amhuinn, Máximus Berry: vuestro abuelo.

–¿Usted estaba allí? –le preguntó Penny.

El anciano asintió mientras una oscura nube le cubría los ojos, y luego prosiguió:

–La mujer de Máximus, Octavia, acababa de dar a luz a su segundo hijo.

–Nuestro padre: Percy –murmuró Penny.

–Como no podía ser de otro modo –continuó el druida–, pocas semanas más tarde, y tras celebrarse los funerales, Octavia fue elegida Decana de Escocia y las Highlands. Era y aún debe ser una mujer brava como pocas. Por ello no dudó en dejar a sus hijos al cuidado de unos ghouls y de una vieja equinaqua.

–La señora Knots –dijo Pippa.

–Exacto. Después convocó a las fuerzas de Inglaterra, Gales, Irlanda y las Galias, y juntos marcharon hacia Balswirth, o An Ard. Los nigromantes no esperaban una respuesta así de rápida y contundente. Dos días más tarde, los druidas blancos llegaron frente a los muros del castillo. Pero antes de plantear batalla, Octavia mostró clemencia y exigió a los nigromantes que le entregaran al traidor. Cuando estos se negaron, tuvo lugar la batalla que enfrentó a Amhuinn y sus aliados contra hordas de nigromantes. Muchos murieron ese día, pero las fuerzas de los druidas blancos vencieron y los señores oscuros fueron expulsados de los bosques una vez más.

Al hilo del relato, a Penny le vino a la cabeza el gran fresco pintado en la cúpula de la biblioteca de Berry Manor. Aquella escena donde docenas de centauros, unicornios y enanos armados hasta los dientes galopaban contra una masa de terribles criaturas.

Recordó la legión de hombres y mujeres que desfilaban bajo los estandartes del árbol plateado de Amhuinn, abalanzándose contra los trols, orcos y otras bestias, capitaneados por un guerrero montado en un dragón negro que escupía fuego por la boca, seguido por guerreros con los ojos inyectados en sangre que luchaban bajo las banderolas del dragón negro.

Adalbertus de Lindisfarne suspiró y bebió otro sorbo de hidromiel.

–Los dos hijos de Cedric Donndubhan murieron durante la batalla, pero él logró escapar y juró vengarse. Tardó años en hacerlo, pero en cuanto pudo golpeó a vuestra abuela donde más podía dolerle y... Bien, creo que ya estáis al corriente de la otra parte de la historia.

–Sí –musitó Penny agachando la cabeza.

–Entonces, ¿usted fue el maestro del innombrable? –le preguntó Pippa.

–Sí, y sabed que solo hay dos cosas que le pierden: la sed de venganza y la ira.

–Lo sabemos –dijeron Penny y Marcus a dúo.

–En fin, cosas del pasado –dijo el druida–. Deberían servirnos para no repetir los mismos errores en el futuro. Aunque, como decís, temo que se aproxima algo que no está registrado ni en las crónicas más antiguas.

–Es probable –dijo Penny–. Para eso hemos venido.

–¿Y desde cuándo los decanatos de Britannia usan a mozalbetes como vosotros para resolver tan graves asuntos?

Penny y Marcus se miraron y sonrieron. Luego, con toda la sencillez de que fue capaz, Penny le respondió:

–Porque somos astrosauros y tenemos una misión.

El viejo Adalbertus no esperaba oír aquello. Se levantó de su sillón y abrió los ojos sorprendido.

–¿Astrosauros y mellizos? ¿Sabéis lo que significa eso? –exclamó.

Los dos asintieron y el anciano pareció hacer memoria.

–Creo que no había dos como vosotros desde... desde...

–Desde las mellizas Margaret y Robusta Gamfield –le apuntó Penny.

–Exacto. Si no recuerdo mal, vivieron en Gales durante el siglo XIII.

–Pues hay ocho más –soltó entonces Noel.

–¿Siete más? –exclamó el anciano, dejándose caer de nuevo sobre su sillón. Su larga barba plateada empezó a temblar, y añadió–: Nunca en la historia de los druidas se ha dado un número tan grande de astrosauros. Me parece no solo increíble, sino aterrador. Algo terrible está a punto de suceder, aunque, pensándolo mejor, quizás no sea tan malo y restablezca el orden de nuestro mundo.

17
EL CUARTAN DE LINDISFARNE

Penny empezaba a impacientarse. No habían volado hasta Lindisfarne para escuchar viejas historias; para eso ya tenían a la abuela Octavia y a Lucinda Caldwalader. Incluso la señora Knots hubiera estado encantada de hacerlo, pero había llegado el momento de tratar con el druida lo que los había llevado hasta allí.

–Hemos venido por dos asuntos –dijo Penny, interrumpiendo el relato del druida.

Después de las revelaciones que acababan de hacerle, Adalbertus de Lindisfarne estaba mucho más interesado, y la miró atentamente cerrando las manos sobre su regazo.

–Vosotros diréis –repuso.

–Nos gustaría visitar la biblioteca de los nigromantes.

–Vaya... –se sorprendió–. ¿Y qué esperáis descubrir allí?

Noel puso los ojos en blanco, aburrido. Penny respiró hondo para llenarse de paciencia. A aquel hombre le gustaban las historias. Probablemente no había tenido ocasión de escuchar muchas del ghoul que habían visto una hora antes, y se vio obligada a explicárselo todo.

–Verá –le dijo–, la venganza del innombrable contra mi abuela consistió en apoderarse de mis padres y de mi hermano Marcus, cuando tenía un año de edad. A mis padres los encerró en Inverlochy y a él le hizo creer que era su propio hijo.

–¡Gusano miserable! –exclamó.

Luego frunció el ceño de tal manera que les dio un poco de miedo y señaló a Marcus con un dedo rugoso.

–Entonces tú, jovencito, si has convivido con él, sabrás algo de magia negra, ¿no?

–Algo –titubeó Marcus.

–¿Cuánto es algo?

–Lo suficiente –repuso sintiéndose incómodo.

–Pues hazme caso y olvida todo lo que hayas aprendido de los nigromantes. A mí me costó muchos años aprender: usar un tipo de magia u otra puede marcarte para el resto de tu vida, pero no es solo lo que usas, sino cómo lo usas, lo que te enaltece o envilece. De todos modos, esos poderes son peligrosos para cualquiera...

Marcus le observó y vio que sus ojos brillaban con un poder inimaginable. Penny continuó:

–Hace unos meses, supimos que el innombrable petrificó a mis padres y se los llevó a un lugar llamado la Cripta de los Olvidados. ¿La conoce?

El anciano druida cerró los ojos intentando hacer memoria, pero negó con la cabeza.

–¿La Cripta de los Olvidados? –dijo él–. Recuerdo haber leído algo en las viejas crónicas, sí. Pero lo cierto es que nadie conoce exactamente su ubicación. No, lo siento. No puedo ayudaros.

Aquello le cayó a Penny como un jarro de agua fría, y se quedó callada. La lluvia seguía azotando los tejados de la pequeña fortaleza, y Pippa prosiguió por ella:

–También hemos sabido que hay un modo de desfosilizar a sus padres, con la pócima de Zaratustra. Debería estar en la vieja biblioteca de los druidas de Lindisfarne. Por eso queremos visitarla.

Adalbertus asintió en silencio, y Noel le preguntó impaciente:

–¿Dónde está?

–¿El qué? –sonrió el anciano–. ¿La biblioteca? En el laberinto. Sí, ese es el sitio donde buscar.

–¡Ah! Claro, en el laberinto... Pero aquí estaba la sede de los nigromantes, ¿no?

–Sí, hasta 1154. Ahora solo queda eso –dijo señalando hacia la ventana.

Lo único que se veía a través de ella era un montón de ruinas, pero ningún laberinto o cámara que pudiera albergar una biblioteca. Los cuatro permanecieron callados unos instantes.

–Puedo acompañaros en cuanto amaine –añadió el druida.

No tuvieron que aguardar mucho, y en pocos minutos la tromba de agua dejó de golpear con fuerza sobre el torreón. Empezaba a oscurecer cuando vieron por el ventanal que las nubes se disipaban y las primeras estrellas empezaban a brillar. Entonces, Adalbertus de Lindisfarne se levantó de su silla y dijo:

–¿Vamos?

Salieron hacia las ruinas de la abadía, que se encontraban a una milla. Los arcos derruidos y las paredes hundidas recordaban lo que siglos atrás habían sido establos y almacenes. El conjunto brillaba a la luz de luna como si fuera de plata.

–¿Esto es todo lo que queda del laberinto? –se extrañó Noel–. Aquí no hay nada.

–Aquí encima no –le respondió el druida con una amable sonrisa–, pero debajo...

–¿El laberinto está debajo? –se sorprendió Marcus–. ¿Quiere decir bajo tierra?

–Exacto. El *cuartan* de Lindisfarne no es otra cosa que un laberinto subterráneo...

–Subterráneo... –balbuceó Noel.

–Sí. Aunque hay partes desconocidas que no se han usado desde la invasión de la isla. Hace muchos años, al poco de instalarme aquí, me aventuré por sus pasadizos. Recorrí unas decenas de metros, pero enseguida regresé a los escalones de la entrada.

–¿Por qué? –se interesó Pippa.

Un nubarrón cruzó los ojos cansados del anciano, que susurró:

–Noté una poderosa presencia contra la que mis poderes tenían poco o nada que hacer. ¿Comprendéis?

Los tres asintieron en silencio, con un nudo en la garganta.

–Hace siglos que nadie... nadie recorre sus pasadizos.

El anciano había vacilado durante un instante, y Penny tuvo la impresión de que no les había dicho la verdad.

–¿Nadie nadie? –se atrevió a preguntar.

El viejo druida calló durante unos segundos, se mesó la barba y carraspeó:

–Bueno, hará cosa de un año ocurrió algo. Una noche de tormenta como la de hoy, desperté de repente y me pareció ver gente entre las ruinas. Bajé con una linterna, pero cuando llegué habían desaparecido. Si eran turistas extraviados, pescadores que se refugiaban de la tempestad o nigromantes con oscuras intenciones, nunca lo he sabido, y no he querido aventurarme por el laberinto.

–Pues nosotros debemos entrar –dijo Penny con firmeza.

El viejo druida asintió y continuó avanzando hasta que llegó al centro de lo que en su día habían sido unas paredes de piedra. Tanteó el barro con un pie hasta que dio con lo que buscaba. Después se agachó y empezó a tirar de una argolla de hierro que se dibujaba en el lodo, pero él solo no podía levantar la trampilla, así que los cuatro empezaron a tirar con todas sus fuerzas.

Un segundo más tarde, unos goznes chirriaron lastimosamente y Adalbertus señaló con un dedo tembloroso unos escalones de piedra que bajaban hacia las profundidades.

–Yo me quedo aquí –les dijo–. Lo siento, pero tendré que cerrar la trampilla en cuanto bajéis.

–Gracias –le dijo Penny–. Nuestro dragón estará por los alrededores. Espero que no le moleste.

–¿Es Ashwhite el Blanco? ¿Aún está en activo?

–Sí –sonrió Penny, haciéndose una coleta–, y espero que por muchos años.

Luego, uno tras otro, empezaron a descender por los resbaladizos escalones hacia el laberinto. El subterráneo era mucho más profundo de lo que habían imaginado.

Mientras bajaban, volvieron la cabeza hacia arriba. La trampilla que el druida Adalbertus mantenía abierta dejaba entrar la fría luz de las estrellas.

Al llegar abajo, sintieron unas grandes losas rectangulares bajo los pies. Estaba oscuro como la boca de un lobo, pero aún les llegaba algo de luz.

¡CRAC!

Adalbertus había cerrado la trampilla y la oscuridad se hizo del todo impenetrable.

–¡Buf! –resopló Noel con un escalofrío.

Penny metió la mano en el bolsillo de su capa y sacó la piedra que el viejo Quirón le había regalado durante la fiesta de Navidad. La había usado meses antes al cruzar el túnel de los yetis para acceder al valle de Shangri-La. La frotó contra la pared del pasadizo y, lentamente, la piedra empezó a desprender una luz azulada que iluminó la galería.

Recorrieron un trecho en silencio hasta que se encontraron delante de un gran arco de piedra. Cuando sus ojos se acostumbraron a la luz macilenta, descubrieron en el vértice de la arcada un escudo labrado: en su interior aparecía representado un unicornio con el cuerno partido. Debajo podía leerse en letras antiguas:

CUARTAN

–En celta significa «laberinto» –anunció Marcus–. Esta es la entrada.

A continuación, sacó el librito que les había entregado Augustus Blackfriars y lo abrió por donde estaba el plano.

El laberinto era un cuadrado. En su centro tenía dibujados unos círculos concéntricos unidos a través de muchos pasadizos. En sus cuatro vértices se abrían unas cámaras también cuadradas. Alguna estaba señalada por palabras en celta. En los cuatro lados longitudinales del laberinto había dibujadas unas cámaras rectangulares más grandes que las de los vértices.

–Estamos aquí –dijo Marcus poniendo el dedo encima de las letras–. *Inntrigeadh* significa «entrada».

Luego fue señalando los pasadizos que formaban los círculos concéntricos hasta que llegó a su destino: la biblioteca.

MONASTERIO DE LINDISFARNE EN NORTHUMBERLAND

por Romulus el Cojo (756-793)

1. INNTRIGEADH
2. LEABHAR-LANN
3. REILIG MUINNTIR AIR DEARMAG
4. EARR
5. BRUID
6. MOR-IONAD
7. TUAMACH
8. TUIN

–Es esta pequeña cámara cuadrada marcada como *leabhar-lann* –añadió.

–Ahora estamos solos –murmuró Pippa cogiéndose del brazo de Noel–. Avancemos despacio y no hagamos ningún ruido. No sabemos qué podemos encontrar aquí abajo. No sé a vosotros, pero a mí no me gusta nada.

Penny, Marcus y Noel no dijeron nada, pero pensaban exactamente lo mismo y empezaron a andar a tientas.

El pasillo era mucho más ancho de lo que habían imaginado, casi tanto como la carretera que iba a Pitlochry. También era muy alto, tanto que la luz azulada apenas iluminaba el techo. Solo llegaba hasta el arranque de los arcos que sostenían la bóveda. Sus muros eran viejos como el mundo y al andar solo se oía el ruido de sus pies.

–¿Creéis que es muy grande?

–La primera galería era tan larga como el jardín de Berry Manor –señaló Marcus–, puede que varios kilómetros.

Al cabo de un rato encontraron una bifurcación. Marcus tenía muy claro adónde tenían que dirigirse para encontrar la biblioteca de los druidas negros. Sin embargo, de pronto aparecieron otros dos túneles que el plano no señalaba, y empezó a sospechar que lo que llevaba en la mano era solo un esbozo del laberinto antes de que se ampliara o cambiara.

Aquí y allá descubrían algunas ventanas ciegas y columnas maravillosamente talladas en la piedra, imitando vegetales o animales.

Habían recorrido más o menos la mitad de un corredor cuando Noel señaló el pavimento. Todas sus losas eran sólidas y cuadradas, pero muchas estaban agrietadas, como si hubieran tenido que soportar un gran peso.

–No me gusta –dijo Pippa.

–No hables tan alto –la riñó su hermano.

Al inicio del laberinto habían visto un poco de musgo en las junturas de las losas, como si la luz del día hubiera llegado hasta allí en alguna ocasión. Pero a medida que avanzaron por el corredor había desaparecido.

Pronto llegaron a otra bifurcación que parecía más ancha que las demás. Entonces, Marcus comprobó el plano y les indicó:

–Creo que ahora es por aquí, a la izquierda.

–¡Shhh! –insistió Noel–. Silencio.

Pero ese camino era muy corto, y al cabo de pocos pasos llegaron frente a un muro de rocas ciclópeas. El pasadizo terminaba allí. El laberinto no era exactamente lo que ellos veían en el plano que les había facilitado Augustus Blackfriars.

Unos minutos más tarde, cuando creyó saber dónde estaba, Marcus anunció:

–Esta debe ser la puerta del oeste. La biblioteca no puede quedar lejos –anunció Marcus.

Sin embargo, aunque pensó que la hallarían tras el siguiente recodo, lo que encontraron fue una enorme y sólida puerta de roble reforzada con clavos de hierro.

–Creo que nos hemos perdido –confesó.

Al pasar junto a aquella gran puerta, Penny sintió un escalofrío. Durante un instante creyó oír un jadeo. Sin embargo, unos pasos más adelante, se dijo que todo había sido fruto de su imaginación y que probablemente en aquel viejo laberinto no había nada.

De pronto sintió un ligero escozor en las palmas de las manos, y eso ya no era fruto de su imaginación.

–¿Lo has notado? –susurró a Marcus.

–Sí –respondió él frotándose las manos.

Decidieron regresar hasta el recodo que habían dejado atrás para intentar tomar otro pasadizo que los llevara hacia el oeste, donde debería estar la biblioteca. Y así, a trompicones y con la escasa luz que emitía la piedra, continuaron avanzando.

Una vez empezó a reconocer los bloques de piedra y las marcas en el suelo, se orientó mejor. A veces tenían que volver sobre sus pasos, pero poco a poco tuvo la certeza de que se acercaban a su destino.

Al llegar a una de las bifurcaciones por las que ya habían pasado, Marcus se quedó inmóvil y señaló hacia delante. Penny, Pippa y Noel se quedaron boquiabiertos. Penny dirigió la luz hacia el arco que enmarcaba otra gran puerta de roble tachonada con clavos, sobre la que había grabada una palabra:

LEABHAR-LANN

18

LA PÓCIMA DE ZARATUSTRA

Empujaron la puerta con todas sus fuerzas. La madera crujió como lo había hecho la trampilla del prado de Lindisfarne una hora antes. Poco a poco, abrieron una rendija lo suficientemente grande y uno tras otro se colaron en la biblioteca sin hacer ruido.

La cámara era pequeña y cuadrada, no mucho más grande que el salón de Berry Manor. Estaba construida con gigantescos bloques de piedra, como el resto del laberinto. En uno de sus lados se levantaba un par de viejas alacenas. Las dos tenían las puertas medio abiertas y estaban llenas de códices encuadernados en piel de diferentes colores. Todos tenían sus lomos marcados con unos grandes números. Algunos reposaban en el suelo porque se habían caído, aunque la mayoría se encontraban sobre las baldas. Allí también se amontonaban algunos rollos de pergamino y tinteros. Sin embargo, los volúmenes de la biblioteca no eran tan numerosos como para que los cuatro no pudieran encontrar el libro en poco rato.

–Augustus Blackfriars nos dijo que el último recuerdo de la pócima se perdió en Persia, la cuna de la magia negra, hacia el siglo x –señaló Penny–. Mejor que miremos los títulos y los índices por si alguno dice algo de Zaratustra o de una pócima para revitalizar o algo así. ¡Manos a la obra!

Penny cogió un volumen muy grueso y pesado. Se trataba del *Mutationes Horribilis,* escrito por un tal Calígula Maris. Lo hojeó de arriba abajo, pero no decía nada de la pócima.

Por su parte, Pippa se entretuvo un rato con el *Necronomicron* de Nicolas Flamel, y cuando comprobó que no estaba lo que buscaban, lo depositó sobre el montón de libros descartados.

Marcus hojeó durante un rato el *Corpus Hermeticum* y *La Tabla Esmeralda,* de Hermes Trimegisto, pero enseguida masculló algo, enfadado, y los echó al suelo junto a los demás.

–¿Los has leído? –le preguntó Noel, encaramándose a una estantería para coger unos cuantos más.

–Sí. Son basura. Tratan del estúpido arte de atrapar las almas en estatuas con la ayuda de hierbas y piedras preciosas, de tal modo que la escultura pueda profetizar.

Ni la *Morte et Resurrectio,* ni la *Clavicula Salomonis,* y mucho menos un grueso volumen titulado *Ibanum Maleficarum,* escrito en latín, decían nada de la pócima, y los amontonaron junto a la puerta. Media hora más tarde, habían descartado casi todos y no habían dado con la fórmula. Penny comprobó aterrada que quedaba menos de una docena por examinar.

Pippa cogió el más pequeño de todos. Era un librito de apenas veinte o treinta páginas encuadernado con tapas de madera. Llevaba por título *Raras Avis Orientalis.* Lo empezó a hojear y, de pronto, dio saltos de alegría. Su subtítulo decía claramente *Nigrum artes magicae apud Zaratustra.*

–¡Ábrelo! –dijo Penny.

Las dos empezaron a recorrer el índice del libro con los ojos bien abiertos hasta que encontraron la entrada que anunciaba: *Pócima de Zaratustra.* Pasaron las páginas hasta que dieron con ella, y entonces se les cayó el alma a los pies. El libro decía textualmente:

PÓCIMA DE ZARATUSTRA
O CÓMO REVITALIZAR A SERES FOSILIZADOS
POR UN ENCANTAMIENTO

Shazzan conoce todas las respuestas.

–¿Qué? –exclamó Penny–. ¿Sólo dice eso? ¿Nada más? Pippa, mira bien, por favor.

Las dos empezaron a pasar sus páginas adelante y atrás. Lo leyeron varias veces, pero solo vieron palabras curiosas, conjuros extraños y símbolos misteriosos. Lo único que decía sobre la pócima en cuestión era lo que ya habían leído: «Shazzan conoce todas las respuestas».

–¿Una miserable línea? –se lamentó Noel al oírlas–. ¿Eso es todo lo que dice?

Las dos asintieron en silencio y Marcus, dejando dos libros más sobre del montón, les preguntó:

–¿Quién era ese Shazzan?

–Puede ser un druida que se llevó el secreto de la pócima a la tumba... –conjeturó Pippa.

–O sea, no hay fórmula, ni pócima. ¡No hay nada! –exclamó Penny rabiosa mientras sus ojos se humedecían.

–Quizás esté escrito con tinta invisible –apuntó Marcus para animarla.

–Quizás... –suspiró ella como si aquello le diera un poco de esperanza.

–¡No hay derecho! ¡Todo este viaje no ha servido para nada! –exclamó Noel.

Se giró enfadado y, al hacerlo, dio un codazo a la montaña de libros apilados junto a la puerta. El montón zozobró y, a pesar de que intentó pararlo con las manos, los volúmenes cayeron, uno tras otro, como una cascada.

¡BARRABUM! ¡BIM! ¡BAM! ¡BUM! ¡PIF!... ¡PAF!... ¡POF!

Produjeron tal estruendo que resonó por los túneles del laberinto como si fueran cañonazos. A los cuatro se les heló la sangre durante unos segundos que se hicieron eternos.

–Lo siento –balbuceó Noel cuando cesó el ruido.

Pippa y Penny le miraron furiosas.

–¿Y tú eras el que decía que fuéramos con cuidado y en silencio? –estalló su hermana.

–Lo siento...

–No pasa nada –dijo Marcus–. Espero...

–No, no pasa nada, pero todavía no hemos salido de aquí –subrayó Pippa, sintiendo dolor de barriga.

Penny asomó la cabeza por la puerta y alumbró el pasadizo. El túnel había quedado alfombrado por docenas de volúmenes con las páginas abiertas, pero seguía igual de oscuro y silencioso que media hora antes.

Volvió a entrar, pero se quedó a medio camino porque, de repente, se oyeron unos golpes.

¡POM! ¡POM! ¡PUM-POM!

Era como si alguien aporreara una puerta, y aunque sonaban lejanos, les pusieron la piel de gallina.

–¿Será Adalbertus desde la trampilla? –preguntó Noel.

–La trampilla está muy lejos, Noel –replicó Marcus–. Hemos andado casi una hora.

Se miraron en silencio y contuvieron la respiración hasta que los misteriosos golpes cesaron. Entonces Penny abrió la boca para decir algo, pero se oyó tal explosión que las paredes de la cámara empezaron a temblar.

¡CRAC! ¡CRAC-CATACRAC!

–¿Eso ha sido un... un terremoto? –farfulló Noel.

–Algo mucho peor –susurró su hermana mientras guardaba el librito de Zaratustra–. Yo lo llevaré. Si hace falta, puedo salir volando.

–¿Volando? –se extrañó Marcus.

–Pippa es una flydra –le explicó Noel, orgulloso.

Un grave silencio siguió al estrépito y la oscuridad se hizo aún más impenetrable.

Durante unos segundos no sucedió nada, pero luego se oyó un lejano gruñido que les heló la sangre. Era un lamento que surgía de las profundidades del laberinto. Por suerte provenía de un pasadizo que quedaba algo lejos, probablemente de alguna de las cámaras de la entrada.

–¿Qué he hecho? –se lamentó Noel–. He despertado algo, pero no lo he hecho a propósito, os lo prometo...

A continuación oyeron unos crujidos, como si alguien con mandíbulas de hierro astillara unas puertas para tragárselas. Algo terrible que se había mantenido encerrado durante siglos salía por ella.

–Marcus... –siseó Penny temiendo que la criatura o las criaturas llegaran a la biblioteca en aquel instante–. Tú conoces mejor a los de estas especies...

Marcus abrió la boca para decir algo, pero la cerró de repente al oír unos extraños bufidos. Luego levantó la cabeza y tensó todos sus músculos.

–No. No sé lo que es y no me gusta nada –murmuró Marcus.

Los dos hermanos habían aprendido a dominar el miedo gracias a las clases de Anastasia Strogoff y del profesor Kerapis en Shangri-La, pero dudaban de poder enfrentarse contra bestias protegidas por la magia negra.

Lo siguiente que escucharon fueron unos pisotones, y el pavimento empezó a agrietarse.

Entonces Marcus no tuvo ninguna duda de que tenían que salir de aquella ratonera.

–¡Corred! –les ordenó–: ¡Corred como nunca!

–Sí, pero ¿hacia dónde? –preguntó Penny, aterrada.

Marcus miró rápidamente el plano y luego en la dirección de donde provenía el estruendo. Luego creyó identificar las letras *earr* en el mapa y dijo:

–Esto significa «salida». ¡Por allí! –les ordenó, y señaló hacia la derecha.

Penny, Pippa y Noel salieron en tromba detrás de él. Marcus torció enseguida hacia la izquierda. Penny lo hizo a su lado, iluminando el plano con la luz azulada, mientras Noel y Pippa los seguían corriendo a corta distancia.

La luz de la pequeña piedra solo alumbraba los arcos y los pasadizos que no tomaban, siempre rumbo al este, donde Marcus había creído que encontrarían la puerta de salida.

Los ruidos de su perseguidor eran cada vez más audibles. Por momentos parecían una pesada respiración y, por otros, palabras graves e incomprensibles que no auguraban nada bueno. Las piedras se partían y caían alrededor.

Marcus miraba el plano cada pocos metros, pero parecía igual de perdido que los demás. Por si fuera poco, los pasillos que tomaban para alejarse empezaron a oler cada vez peor. Ninguno de los cuatro recordaba algo tan nauseabundo como aquello.

De repente, se oyó un roce metálico sobre la piedra y unos fogonazos iluminaron el pasadizo que acababan de dejar atrás. Fuera lo que fuera, lo tenían encima, a pocos pasos, y lo peor de todo era que conocía bien el laberinto.

Mientras giraban por otro recodo, oyeron un horrible chasquido. Penny se detuvo un instante, se dio la vuelta y lo vio, pero no le dio tiempo a chillar porque el grito se le heló en la boca.

El animal que apareció por la esquina era un monstruo gigantesco y brutal. Iba enfundado en una armadura de acero y se protegía detrás de un ancho escudo. Blandía un hacha tan impresionante que de un golpe hubiera partido en dos uno de los robles de Amhuinn. Aunque su cuerpo era el de un toro, las extremidades eran humanas y estaban terminadas en unas grandes pezuñas. Sin embargo, lo que más llamó la atención de Penny no fueron los cuernos que le salían de la cabeza ni sus hercúleos brazos, ni siquiera los colmillos de su boca, sino el fulgor de sus ojos inyectados en sangre, porque toda la maldad y el odio del mundo estaban concentrados en ellos. Eran rojos y brillaban como dos ascuas.

–Mi... mira... Marcus... ¡Es un minotauro! –titubeó sin dejar de correr.

Los muros del laberinto temblaban y el animal arrastraba el hacha por las losas, levantando chispas que se reflejaban en las paredes.

El minotauro había visto la pequeña piedra que Penny llevaba en la mano, los había descubierto y rugió hambriento:

–¡ROAAAR!

Penny se tapó las orejas, aterrada, y en cuanto el monstruo empezó a correr detrás de ellos resoplando, Marcus la agarró de un brazo y empezaron a volar por el túnel.

–¡Corred, corred! ¡Hacia la derecha! ¡Corred! –chilló a los demás.

Aunque los dos se habían enfrentado a un ettin en Shangri-La y a la diosa Durga en la cima del Namcha Barwa, algo les dijo que aquello era mucho peor y un escalofrío les recorrió el espinazo. El tamaño de aquel ser triplicaba el de las bestias de Shangri-La y su cabezota casi rozaba la bóveda del laberinto. Tenía los ojos inyectados en sangre y una mueca horrorosa en la boca.

–No quiero pasar el resto de la noche aquí –dijo entonces Penny.

–¡Por allí! –exclamó Marcus al ver una portezuela por la que difícilmente entraría el animal.

–¿Seguro?

–No, pero probablemente no quepa.

Se metieron en ese nuevo corredor y Penny se volvió hacia los Clutterbuck.

–Pippa, Noel –les dijo–, no os quedéis rezaga...

Las palabras se quedaron heladas en su boca. Los Clutterbuck no estaban detrás de ella. Alzó la mano para alumbrar mejor el pasadizo, pero no había ni rastro de ellos y una garra le heló el corazón.

Pippa y Noel se habían quedado en el túnel con el monstruo.

19

EL SEÑOR DEL LABERINTO

Penny se volvió hacia Marcus, que estaba con la espalda pegada a la pared tratando de oír algo.

–¡Los hemos perdido, Marcus! –resopló–. ¡Hay que regresar y...!

Un nuevo rugido a muy pocos pasos la dejó inmóvil, hasta que sintió cómo su hermano la cogía por la manga y tiraba de ella.

–No te preocupes –le susurró–. Has dicho que Pippa es una flydra, ¿no? Pues espero que eche a volar.

Penny siguió alumbrando el camino. Confiaba en que los Clutterbuck hubieran encontrado refugio dentro de alguna de las cámaras del complicado laberinto.

Según el plano, la salida que Marcus había identificado como *earr* se encontraba a pocos metros; pero cuando creyó que habían llegado, su hermano se detuvo en seco. Delante de ellos solo había un muro de piedra idéntico a los anteriores: otro callejón sin salida.

Sin embargo, algo era distinto en ese sector del laberinto. Las gruesas losas de piedra estaban cubiertas por una fina película de musgo, igual que las de la entrada donde los había dejado el druida negro horas antes.

Penny levantó el brazo y la tenue luz iluminó el muro. Arriba se veía un gran arco enmarcando una puerta. En su vértice podía leerse:

EARR

–La puerta, Marcus –cuchicheó, agarrándole del brazo–. La puerta está ahí.

La salida del laberinto se encontraba cinco metros por encima de sus cabezas. Pero no había ninguna escalera y, por tanto, no tenían posibilidad de escapar.

–¡Es una encerrona! –dijo Penny, dejándose caer al suelo–. Y además no podemos dejar aquí a Pippa y Noel.

–Tampoco podemos quedarnos aquí –susurró Marcus oyendo los bufidos de la criatura, que sonaban más y más cerca–. No podemos regresar a buscarlos. Tenemos que seguir.

Marcus empezó a correr delante de Penny, y lo hizo durante mucho rato. A Penny le daba la impresión de que estaban moviéndose en zigzag y sus piernas no aguantarían mucho más. Entonces Marcus se metió en un nuevo pasadizo, pero derrapó sobre las pulidas losas y retrocedió dando un bote. A sus pies se abría un abismo.

Cuando Penny entró en el túnel detrás de él, Marcus la agarró de la capa y la tiró al suelo para que no se precipitara al vacío. Luego cogió la piedra azulada y alumbró aquel agujero. Era un pozo del que no se veía el fondo. Marcus le indicó con un gesto en los labios que guardara silencio y señaló hacia arriba. Encima de otro arco había grabado:

TUIN

–Es el pozo –susurró Marcus.

Entraron por otro corredor y Penny corrió de nuevo pisándole los talones, porque Marcus tan pronto giraba a la derecha como a la izquierda y tenía que esprintar para no perderle.

Entonces llegaron a un cruce y delante se encontraron tres pasadizos. Marcus tomó el de la derecha sin dudarlo, pero el minotauro debió oírlos, porque modificó su trayectoria. Ambos sintieron el picor en las palmas de las manos. De improviso, se lo encontraron delante de ellos y la luz azulada lo iluminó por entero. Estaba inmóvil como una estatua y sus ojillos los observaban satisfechos.

Solo podía ser una cosa: el auténtico minotauro de Creta.

–¡AUUURRR! –aulló, y todo el recinto tembló.

Ellos alzaron las manos mientras huían a grandes zancadas. En cuanto le tuvieron a tiro, le dispararon unos fenomenales *Fulminis instantaneus* que inundaron de luz el túnel, rebotando contra las paredes hasta que impactaron en el minotauro.

–¡URG! –bramó.

Los fogonazos los cegaron por un segundo. En ese momento, Penny se percató de que, a medida que disparaba los rayos, estos aumentaban de potencia, y cada vez tenía que esperar menos para lanzarlos, como si su poder creciera a medida que lo empleaba.

Sin embargo, cuando abrieron los ojos comprobaron que aquel ser no solo era fuerte y rápido, sino que además era muy listo. Se había protegido detrás de su escudo, donde habían rebotado las estrellas rojas de los *Fulminis.* Lo único que habían conseguido había sido enfurecerlo más aún, y empezó a perseguirlos dando grandes zancadas.

Sentían cómo los pulmones les estallaban y el hígado se les salía por la boca. Marcus pisaba las piedras con fuerza mientras intentaba recordar dónde se hallaban las puertas más pequeñas.

De repente, dio un paso atrás y sacó la cabeza por el recodo que acababa de doblar. A unos veinte metros adivinó la mole del minotauro, que resollaba cansado.

–Le estamos agotando –sonrió.

–¡Genial! –gruñó ella, que estaba harta del laberinto y del monstruo.

Entonces, Marcus le disparó otro chorro de estrellas doradas, una *Agressio impetuosa* que impactó en la pierna del minotauro. Pero los rayos solo parecieron aturdirle unos segundos y no hicieron mella en su furor; al contrario, cada vez parecía más y más irritado. Bramaba y sus alaridos helaban la sangre.

Entonces probaron con una *Mortis subita*, y en esa ocasión el rayo de luz blanca salió de sus manos, rebotó en las paredes y golpeó el pecho del monstruo, que se tambaleó.

¡CLONC!

–¡Lo hemos frito! –sonrió Marcus con una mueca.

–¿Seguro?

–Sí.

Aunque estaba muy oscuro, les pareció que el minotauro se había desplomado como un tronco.

Pasó un minuto y luego otro, y otro más. Recuperaron la respiración escondidos en el recodo del túnel en mitad del que había caído la criatura. Cuando estuvo seguro de que el minotauro ya no representaba ningún peligro, Marcus se levantó.

–¿Qué haces? –se alarmó Penny al verle avanzar por el pasadizo.

–Comprobar si está frito, por supuesto.

–Pero...

Penny empezó a andar detrás de él. Segundos más tarde, la luz iluminó las pezuñas del minotauro, que yacía en mitad del pasadizo. Tenía la cabeza vuelta hacia la derecha y su bocaza dibujaba una mueca horrorosa.

Marcus le dio varias patadas en una pata, pero el animal ni se movió.

–Perfecto –respiró aliviado–. Ahora ya podemos ir a buscar a Pippa y Noel.

Pasaron por encima de su gigantesco cuerpo y avanzaron unos pasos hacia el túnel, pero de repente Penny se detuvo. Algo no iba bien, todavía sentía el picor en las manos. Oyó un débil roce metálico a su espalda y se giró para ver qué era. Marcus la tiró al suelo de un empujón.

¡ZUUUT!

¡CRAC!

El hacha del minotauro pasó rozando cabeza de Penny y un mechón de sus cabellos rubios cayó flotando hasta el suelo. El arma del monstruo quedó clavada en el muro.

–¡ROAAARRR! –rugió al fallar.

El minotauro se había hecho el muerto. Era mucho más listo de lo que habían imaginado y, lo peor de todo, el poder que salía de sus manos no podía hacerle daño.

–¡Corre! –le gritó Marcus mientras el animal forcejeaba con su arma hincada en el muro.

Volaron por el pasadizo como no lo habían hecho hasta ese momento. Doblaron una esquina tras otra para escapar, pero el monstruo conocía a la perfección aquel dédalo de galerías y cada vez lo tenían más cerca.

–¡Tengo miedo, Marcus! –resopló Penny.

–¡Yo también, créeme!

Diez minutos más tarde, aminoraron la marcha. Habían corrido hacia la derecha sin parar por uno de los túneles que se enroscaban hacia el centro del laberinto. Entonces Marcus tomó hacia la galería que se abría a su izquierda y Penny le siguió como una exhalación, hasta que se detuvieron en seco.

–Mira –susurró Marcus–, una escaleras. ¿Las habíamos visto antes?

–No. No las recuerdo –siseó Penny.

–Bajemos.

Los escalones eran altos, pero solo había una docena. Los descendieron y se encontraron en un pasadizo, largo y ancho, que corría bajo las galerías. El aire allí era más denso, y por el extremo contrario se adivinaban más escalones que llevaban de regreso al túnel superior.

Como no oyeron las pisadas del minotauro, avanzaron más tranquilos, hasta que Penny iluminó una gran puerta que se abría en mitad del muro que tenían a la derecha.

Marcus dedujo que se encontraban delante de otra de las grandes cámaras que aparecían en los lados del cuadrado del plano. Se quedó inmóvil frente a los arcos concéntricos que terminaban en una gran puerta cerrada a cal y canto. Penny se extrañó al ver que su hermano se detenía, con el minotauro todavía rondando por allí.

–¡Ilumina esto, date prisa! –le ordenó su hermano.

–¿Ahora? –se extrañó ella.

–¡Sí!

Penny alzó la mano todo lo que pudo y él señaló unas letras casi borradas en uno de los arcos. Luego entrecerró los ojos e intentó leerlas.

–Esto –dijo Marcus recordando algo–, esto...

De repente, Penny sintió cómo le aumentaba el escozor en las manos. Dejó de iluminar la puerta y dirigió la luz hacia los escalones que se entreveían en la penumbra, en el otro extremo del corredor. Por el hueco de la escalera se veían las sólidas pezuñas del minotauro. Dieron media vuelta, subieron los que tenían a su espalda de dos en dos y echaron a correr hacia la izquierda.

–¿Has leído eso? –resopló Marcus.

–¿El qué?

–Lo que ponía en la inscripción de ese arco.

–No, no he leído nada. ¡Estoy corriendo como una loca! –se enojó Penny.

–Decía REILIG MUINNTIR AIR DEARMAG –replicó Marcus.

–¿Y qué? –se exasperó ella, que sentía cómo el corazón le salía por la boca–. ¿Qué importancia tiene eso ahora? ¡Vamos, sigue!

–Pues creo que en celta antiguo significa «Cripta de los Olvidados» –Marcus se encogió de hombros–. Solo eso...

Penny abrió la boca, atónita, pero por ella no salió nada. De repente recordó lo que les había dicho el druida negro de Lindisfarne: que meses antes había visto a alguien deambular entre las ruinas. Entonces estuvo segura de que los servidores del innombrable habían estado por allí y de que... ¡los sepulcros de sus padres estaban detrás de esas puertas!

Sintió una gran alegría, pero no pudo pensar en ello. Aunque hacía un minuto que no oían el jadeo del minotauro, tenía la impresión de que se lo encontrarían al doblar cualquier esquina, porque sus manos hervían como patatas fritas.

–¡Cuidado! –gritó entonces.

El hacha del minotauro les pasó rozando de nuevo. Esta vez cortó un trozo de la capa de Marcus. El monstruo se había ocultado en la oscuridad de uno de los túneles, y en el momento en que habían enlazado con el corredor, su hierro había bajado como un rayo.

–¡ROAAAR! –rugió al fallar de nuevo.

–¡Corre, Penny, corre!

Marcus se percató de que aquello corría más aprisa que ellos, y cuando lo tuvieron casi encima se lanzó contra Penny, que salió despedida contra el muro, golpeándose la cabeza. El hacha les pasó silbando a un palmo y rebotó contra la pared, levantando miles de chispas.

Penny corrió todo lo que pudo, hasta que se dejó caer al suelo. Estaba aturdida y sentía que la cabeza iba a estallarle en cualquier momento.

La bestia se revolvió enloquecida. Los vio al final del pasillo, entornó los ojillos y se rio, porque sabía que no tenían escapatoria.

–No puedo más –sollozó Penny–. No tengo más fuerzas.

Marcus se arrodilló a su lado, le cogió las manos y susurró:

–Claro que tienes más fuerzas, Penny. Tú nos das fuerzas a todos.

La ayudó a ponerse en pie y la arrastró con él para empezar a correr en dirección contraria. Pero esta vez Marcus sabía adónde ir. Tenían que correr hacia el *tuin* con todas sus fuerzas antes de que los alcanzara.

En menos de un minuto llegaron frente al abismo que se abría a sus pies, el mismo por el que casi se habían precipitado una hora antes. Entonces, el minotauro levantó el hacha con las dos manos. El arma quedó suspendida en el aire y dejó de arrancar chispas de las losas.

Un segundo más tarde, empezó a correr más y más deprisa. Los muros del pasillo temblaron, amenazando con desmoronarse.

Ellos se miraron y se pusieron de espaldas al abismo. Plantaron los pies firmemente en el empedrado y aguardaron con las manos abajo porque, a pesar del cosquilleo, sabían que iban a servirles de muy poco. No tuvieron que decirse nada para compren-

derse. Tampoco tendrían que esperar mucho rato, porque el monstruo se dirigía ya hacia ellos con largas zancadas.

–Aguanta, Penny –le susurró Marcus–. Aguanta...

El animal estaba rabioso y de su boca salían espumarajos. Sus ojos inyectados en sangre no los perdían de vista.

Diez metros, ocho metros...

El minotauro corría por el pasadizo a una velocidad endiablada, protegiéndose detrás del escudo.

Cinco metros, tres metros...

Empezó a blandir su arma por encima de sus enormes cuernos retorcidos.

Dos metros... un metro...

Podían oler su aliento.

–¡Ahora! –gritó Marcus.

El arma de la bestia bajó silbando como un rayo y ellos saltaron a un lado dejando al descubierto el pozo del *tuin*. El minotauro se dio de cabeza contra el arco y se precipitó por el agujero.

Había acelerado tanto que le había sido imposible frenar, y se precipitó por el foso con un rugido que les heló la sangre:

–¡AAARGH!

–¡Buf! –exclamó Penny mientras la bestia caía al vacío–. Poco ha faltado, Marc...

No pudo añadir nada más. De repente, sintió un latigazo en la pierna. Una garra del monstruo la sujetaba del tobillo.

–¡Ayyy! –aulló.

Marcus se revolvió como una cobra. Una de las manazas del minotauro seguía sujeta al empedrado mientras la otra tiraba de Penny hacia el abismo. Su hermana se sostenía como podía, agarrada al arco de la puerta.

Todo sucedió rapidísimo. Marcus la sujetó con una mano y levantó la otra hacia la cabeza del animal suspendido en el foso. La apuntó contra su casco y gritó con todas sus fuerzas:

–*Mairbhé!*[1]

---

[1] «Muerte», en celta antiguo.

El poderoso chorro de luz blanca de una *Mortis subita* impactó en la cabeza del minotauro, que soltó la pierna de Penny y desapareció de su vista con otro aullido:

–¡AAAUUURGH!

Marcus tiró de Penny, que salió disparada hacia él. Los dos se abrazaron y las lágrimas resbalaron por las mejillas de Penny con una mezcla de miedo, alivio y felicidad.

–No quiero perderte –musitó Marcus–. Ahora ya no.

20

REILIG MUINNTIR AIR DEARMAG

Durante unos minutos se quedaron abrazados para recuperar el aliento, con la espalda pegada al muro. Estaban sudados y sentían el corazón desbocado. Además, los rugidos del gigantesco minotauro aún resonaban en sus oídos.

Penny fue la primera en reaccionar. No podía creerse que la Cripta de los Olvidados formara parte de ese laberinto que parecía salido de la peor de las pesadillas.

–¡Pippa y Noel! –exclamó entonces quitándose un mechón sudado del flequillo.

Los Clutterbuck habían desaparecido casi dos horas antes. Primero tenían que encontrarlos. Después ya se ocuparían de hallar la puerta de la Cripta de los Olvidados y de enfrentarse a los druidas negros que la custodiaban: Romulus el Cojo, Melinda la Fea y Justiniano el Manco.

Marcus se levantó apoyándose en el muro y empezó a seguirla. Enseguida sacó del bosillo el libro de Augustus Blackfriars. Dejaron el *tuin* a su espalda y regresaron por donde habían venido con ayuda del plano.

–Por allí –dijo señalando un pasadizo que salía a su izquierda.

Doblaron varias esquinas examinando todos los recovecos, pero no hallaron ni rastro de Pippa y Noel. Se perdieron un par de veces y, después de dar muchas vueltas, la luz azulada de la piedra de Penny iluminó los libros esparcidos frente a la biblioteca.

–Ahora ya sé dónde estamos –suspiró Marcus aliviado.

Tomaron el siguiente pasadizo a la derecha y, poco después, Penny creyó adivinar algo en la bóveda que se levantaba sobre sus cabezas.

–Mira, Marcus... –titubeó–. Allí arriba.

Su hermano levantó los ojos. Muy arriba, en el techo, brillaba un diminuto punto de luz.

–¿Qué será?

–Nada bueno, seguro –replicó él.

–¿Puede ser que haya un agujero en la bóveda y que nos llegue la luz del sol?

–No creo. Es casi de madrugada, Penny. Llevamos muchas horas aquí dentro.

Ella escondió la piedra de luz en el bolsillo y se acercaron a aquel punto procurando no hacer ruido. Cuando estuvieron a pocos metros, oyeron unos susurros y Penny esbozó una sonrisa.

–¡Son ellos!

Entonces frotó la piedra contra el muro y la levantó cuanto pudo. Arriba, Pippa revoloteaba por la bóveda del laberinto sujetando a su hermano por debajo de los brazos. Noel frotaba algo en sus manos y eso era lo que producía un poco de luz.

–¡Pippa, Noel! –les gritó Penny.

–¡Son ellos! –oyeron sus voces desde arriba–. ¡Gracias al druida Robustus!

Lentamente, los Clutterbuck bajaron de la bóveda. Primero aparecieron las piernas de Noel y después su hermana le dejó caer cuando estaba a dos metros del suelo.

–¡Uf! –dijo al soltarlo–. Ya no podía más. ¡Cómo pesa!

Las manos de Noel brillaban como si estuvieran hechas de luz.

–Son margaritas luminosas –dijo mostrándoselas–. Las frotas y dan un poco de luz. Llevaba algunas en el bolsillo. ¿Y el minotauro, chicos? ¿Lo habéis frito?

–No, a ese no hay quien lo fría –Marcus se encogió de hombros.

–Por suerte, lo hemos hecho caer a un pozo –explicó Penny.

–Entonces, ¿nada de poderes de astrosauros?

–Contra la magia negra, nuestros poderes tienen poco que hacer –dijo Marcus taciturno.

–Pensé que os había alcanzado... –musitó Penny.

–No. Al perderos y verlo tan cerca, eché a volar y me llevé a Noel. Lo hemos visto pasar por debajo unas cuantas veces, hasta que hemos oído su alarido y hemos supuesto que...

Penny no la dejó terminar de hablar. Estaba muy excitada.

–Tenemos algo importante que contaros: Marcus ha encontrado la Cripta de los Olvidados. ¡Está aquí!

–¿Aquí? –se sobresaltó Pippa–. Entonces... ¡Vuestros padres!

Penny asintió con un brillo especial en los ojos y luego explicó a los Clutterbuck dónde habían visto aquella puerta.

Los cuatro echaron a andar y les costó un buen rato encontrar las escaleras que llevaban a la cámara que habían descubierto, pero al fin lo consiguieron. Descendieron y llegaron al corredor que les había descrito Penny. En su centro se levantaba la gran puerta de roble que habían visto cuando trataban de escapar del minotauro.

Penny frotó la piedra con más fuerza y el mineral despidió una luz azulada y blanca muy intensa.

El pórtico estaba decorado de un modo más solemne que los demás portones del recinto. Consistía en una serie de arcos concéntricos que terminaban en una sólida puerta asegurada por dos grandes trancas horizontales que se hincaban en unos agujeros excavados en el muro.

En los capiteles se adivinaban dragoncitos, unicornios y otras criaturas ya desaparecidas. Tal y como había dicho Marcus, en la curvatura de uno de los arcos se podía leer:

REILIG MUINNTIR AIR DEARMAG

–Cripta de los Olvidados –tradujo.

–¿Estás seguro de que significa eso? –le interrogó Penny.

–Seguro.

–Pero esta puerta –dijo Pippa intranquila– está cerrada por fuera para que nadie salga... ¿No sería más sensato regresar en busca de ayuda?

–Ni hablar –cortó Penny–. Si nuestros padres están aquí dentro, quiero verlos y, si es posible, sacarlos.

El portón era mucho más alto que las demás puertas del laberinto y no tenía cerradura donde meter una llave. Les llevó un buen rato levantar las dos grandes trancas y depositarlas en el suelo. Luego, empujaron la puerta con fuerza y los goznes empezaron a chirriar.

¡CREEEC!

–Estas puertas no se han abierto en mil años –resopló Noel, empujando con el resto.

Los cuatro tensaron sus músculos y siguieron empujando durante un rato que se les hizo eterno, porque las puertas pesaban una tonelada.

¡CRE-CREEEC!

Centímetro a centímetro, lograron abrir una rendija lo suficientemente ancha. Uno tras otro, se colaron en el interior de la cripta y se quedaron boquiabiertos.

Acostumbrados a transitar durante las últimas cuatro o cinco horas por pasadizos no más anchos que los caminos de Amhuinn, les sorprendió que la Cripta de los Olvidados consistiera en una cámara ancha y alta, grande como una vieja catedral y poblada de sombras. Estaba construida con grandes sillares de piedra. Su pavimento estaba sembrado de lápidas con relieves. En algunas paredes colgaban tapices deshilachados que brillaban débilmente en la penumbra.

A ambos lados de la nave principal se abrían numerosas capillas, cuyos altos arcos estaban sostenidos por columnas decoradas con estatuas de soldados. Todos eran impresionantes, revestidos con cotas de malla y tan gigantescos como Robustus Logmond. A la luz de la piedra de Penny, sus majestuosas sombras parecían titilar.

Uno cargaba con varias lanzas, otros agarraban la empuñadura de su espada y el resto sujetaban pesadas mazas, ballestas o imponentes hachas de doble filo. No había dos rostros iguales. Si uno tenía unos bigotes que le llegaban hasta el pecho, al siguiente la barba le llegaba hasta la barriga. Algunos tenían a sus pies escudos redondos; otros, ovalados como una hoja de laurel que les llegaba hasta el pecho. Las estatuas estaban talladas en la misma piedra rojiza que el resto del laberinto.

Penny, Pippa, Marcus y Noel bajaron los escalones hacia la primera capilla, sin dejar de mirar a los guardianes de piedra que se perdían entre las tinieblas.

Pippa agarró del brazo a Penny y le señaló hacia un muro donde estaba representada la escena más terrorífica que había visto en su vida: pintados en colores oscuros y rojos, docenas de criaturas se abalanzaban contra un rebaño de unicornios que estaban apiñados en el centro.

Los orcos, o lo que fueran, iban capitaneados por un nigromante que les ordenaba cometer toda clase de atrocidades. Debajo de la pintura, escrito en grandes letras góticas, se podía leer: «Victoria de Falkirk. 767 d.C.»

–Creo que sé quién es –susurró Penny señalando al druida negro.

Luego entraron en la primera de las capillas y Pippa se topó con un sarcófago. Encima tenía una figura de piedra llena de polvo y telarañas. Representaba a un anciano medio calvo y de larga barba mal peinada. Su cabeza reposaba sobre una almohada de piedra y tenía un pequeño dragón dormido a sus pies. El viejo mantenía los ojos cerrados y sonreía con una mueca muy desagradable.

–Mira –musitó Pippa señalando la inscripción de la tumba.

ROMULUS EL COJO

726-793

VENCEDOR DE LA BATALLA DE FALKIRK

Y AZOTE DE LOS DRUIDAS BLANCOS

Las dos sintieron un pequeño escalofrío: era el mismo que capitaneaba a las criaturas en la pintura que acababan de ver en el muro. Pippa se volvió y tropezó con una segunda tumba:

MELINDA LA FEA
765-799
LA BELLEZA ES ENEMIGA
DE LA INTELIGENCIA

La mujer se encontraba recostada leyendo un libro, y aunque el artesano se había esforzado por mejorar su aspecto, había esculpido a la druida Melinda con un gesto tan horroroso que parecía que se estuviera comiendo un limón. Hacía honor a su sobrenombre porque era fea de verdad.

–Parece un cementerio –señaló Noel.

–Es un cementerio –replicó su hermana señalando los sepulcros que reposaban en el suelo de todas las capillas–. Y no me gusta nada, nada de nada.

Penny y Pippa continuaron leyendo los nombres de otros druidas: Justiniano el Manco, un hombre gordo que saludaba con su única mano desde el sarcófago; Clodoveo II el Bizco tenía los ojos bien abiertos, y cada uno miraba en una dirección; Asdrúbal el Apestoso, que aparecía sentado en una especie de trono tapándose la nariz.

Siguieron recorriendo las capillas, en las que vieron los sarcófagos de Leandro el Roñoso, Saturnina la Asquerosa, William el Apuesto Jorobado...

Noel se entretuvo en mirar las fechas inscritas en las tumbas. La más reciente era anterior al año mil.

–Lo peor es este sospechoso silencioso –susurró Noel.

–Deben ser todos los druidas negros de la antigüedad –añadió Pippa.

–Es como una especie de santuario de nigromantes –repuso su hermano–. Seguro que todos fueron muy buenos chicos y por eso han acabado aquí...

–Seguro –dijo Marcus.

–Creo que nos hemos metido en la boca del lobo –concluyó Penny señalando las estatuas de los soldados.

Después señaló hacia los muros de la nave principal. Los grandes bloques cuadrados estaban llenos de muescas, como si alguien los hubiera aporreado hasta arrancar grandes esquirlas de piedra.

Avanzaron con cautela y en silencio hasta el final de la cripta. Penny iba delante, iluminando débilmente el recinto. De repente se detuvo en seco, levantó un dedo señalando hacia el fondo de la nave y el corazón le dio un vuelco. Donde debería haber estado el altar de aquella vieja catedral, se levantaba un sarcófago doble.

–Son ellos –murmuró acercándose lentamente–. ¡Son papá y mamá, Marcus!

–¿Estás segura?

Ella asintió y corrió hacia allí. Se subió de un salto al pedestal y los observó. Eran dos figuras esculpidas en una piedra tan oscura que parecía lava del Bardarbunga. Estaban tal y como los había visto pocos meses antes, cuando había comido el fruto dorado en el Jardín del Himalaya.

Sus rostros eran bellos y realistas y tenían los ojos cerrados. Sus narices eran pequeñas y rectas. Ambos tenían el cabello ligeramente alborotado. Iban vestidos con unas largas capas que les caían a los lados del cuerpo. Tenían las manos entrelazadas y los pies juntos.

A Penny le reconfortó ver que sus rostros parecían serenos, como si no hubieran querido mostrar ningún dolor al ser petrificados. Quizás tenían la esperanza de que algún día alguien los rescataría.

–¿Los reconoces? –le preguntó Pippa, avanzando hasta ella.

–Sí, por los triskeles –dijo–. ¿Los ves?

Penny señaló los mantos de las estatuas. Entre los pliegues de las ropas destacaban unas hojas entrelazadas dentro de un círculo. Eran iguales que los que les había dado su abuela Octavia, y que ella y Marcus llevaban prendidos en su ropa.

Penny recorrió sus rasgos con un dedo. Luego se echó encima del sepulcro y los abrazó sollozando. Su hermano la observó en silencio y preguntó:

–¿Podemos arrastrarlo?

–No, debe pesar toneladas.

–Probemos –dijo Noel remangándose las mangas del manto.

Los cuatro apretaron los dientes y empujaron como no lo habían hecho en su vida. De repente se oyó un débil crujido.

¡CRAC!

–¡Creo... creo que lo hemos movido! –exclamó Noel esperanzado.

–¿Bromeas? –dijo su hermana Pippa con la cara roja como un tomate.

El monumento no se había movido ni un centímetro, y Marcus se giró. El extraño ruido procedía de las esculturas que tenían a su espalda.

21

SIR CRAIG POTARCH Y LOS OLVIDADOS

En menos de un minuto, los crujidos se multiplicaron frenéticamente por el oscuro recinto como una traca de petardos. Fueron tantos y tan seguidos que les pareció que las paredes de la cripta estallarían.

¡CREC! ¡CRIC! ¡CRAC! ¡CROC!

Sin embargo, no supieron de dónde procedían hasta que Noel palideció. La luz que alzaba Penny iluminó una de las gigantescas estatuas y, por un momento, le pareció que se movía.

–¿Ve... veis lo que yo? –titubeó señalándola.

Los tres miraron hacia donde apuntaba su dedo. En ese momento, un descomunal guerrero de larga barba trenzada y revestido hasta los pies con una cota de malla desencajaba un brazo de la pared.

¡CREC!

Cuando lo liberó, empezó a desentumecerlo y movió el cuello de un lado para otro. Luego abrió los ojos y recogió el escudo y las mazas que reposaban a sus pies. Al instante arrancó una pierna de la pared, luego la otra, y saltó al pavimento con un ruido seco.

¡PATAM!

Sin embargo, no fue el único guerrero que se desencajaba de las columnas, porque al instante le siguió otro compañero, y otro más, y otro.

–¡Por las barbas del centauro! –musitó Penny.

El que tenían más cerca, un guerrero que llevaba la cabeza coronada por un casco vikingo de cuernos retorcidos, la desenganchó de la pared. El de su lado hizo lo mismo con las piernas. Y así, poco a poco, las estatuas que montaban guardia en la Cripta de los Olvidados cobraron vida.

¡CREC! ¡CRIC! ¡CRAC! ¡CROC!

En cuanto se desencajaron, todas saltaron al suelo y el pavimento crujió. Algunas losas se partieron en dos y las paredes de la cripta se tambalearon como si las sacudiera un terremoto.

Después, sin decir nada ni prestarles atención, hicieron crujir sus articulaciones porque despertaban de un sueño que había durado siglos y estaban anquilosados. En cuanto desenvainaron sus espadas y tensaron sus arcos, Penny, Marcus, Pippa y Noel se agazaparon detrás del sepulcro de Percy y Rose Berry.

–¿Qué es esto? –se estremeció Penny.

–Creo que los hemos despertado –se temió Marcus.

–¿Y qué hacemos?

–Seguir escondidos, por supuesto –susurró Pippa.

Noel y Marcus sacaron la cabeza por detrás del sepulcro y observaron que uno de los soldados sonreía a otro. El que tenían a su izquierda, el hombretón vestido con cota de malla, sopesó las mazas, que debían pesar un quintal, y se las cargó al hombro.

Algunos de sus compañeros flexionaron las rodillas atrofiadas y se palmearon jocosamente las espaldas unos a otros, pronunciando extraños vocablos en un dialecto tan viejo como las piedras.

–Quizás no nos han visto –susurró Noel.

–¿Qué te apuestas a que sí? –replicó su hermana.

Por supuesto que los habían oído y los habían visto, pero eran unos soldados disciplinados y esperaban órdenes de su caudillo mientras se preparaban para lo que tenía que venir.

En cuanto estuvieron todos en el suelo, se dirigieron hacia la puerta de la cripta. La estatua situada encima no se había movido aún. Era la que llevaba el casco más ornamentado y parecía el guerrero más fornido de todos. Además estaba esculpido en una piedra más rojiza que los demás.

No tuvieron que esperar mucho, porque segundos más tarde se oyó un crujido.

¡CROC!

El guerrero de piedra arrancó una pierna del muro. Luego despegó un brazo y después el otro, que hizo saltar docenas de esquirlas.

¡CRIC! ¡CRAC!

Sus hombres se dieron codazos y se sonrieron. El capitán despertó lentamente hasta que, de un salto, se plantó en el suelo delante de ellos.

¡PAM!

Del golpe, tres losas se rompieron con el ruido de un mástil partido durante una noche de tormenta. Los arcos y las paredes se tambalearon de nuevo.

El hombre se ajustó el casco y empezó a saludar a sus hombres con sonoros golpes en la cabezota o en el hombro, y cada vez que lo hacía arrancaba polvo y trozos de piedra de las esculturas.

–Te veo un poco atrofiado, Tarland –dijo a uno de ellos con voz herrumbrosa–. A ti, Murdock, también. En cambio, Forfar está pletórico, listo para cortar cabezas.

Luego se alzó la visera del casco y miró hacia el fondo de la cripta, donde las estatuas más cercanas a Penny, Pippa, Marcus y Noel se dirigían hacia él.

–Veo que estamos todos. Bien, bien... –dijo bostezando–. Cuesta moverse después de tanto tiempo, ¿eh, caballeros?

En cuanto terminó de contar a sus hombres, comprobó que su espada se deslizaba fácilmente por la vaina y se volvió hacia el sepulcro detrás del que seguían escondidos.

A su señal, la compañía empezó a andar hacia ellos marcando el paso, y cada vez que pisaban el suelo se oía un golpe seco y toda la cripta vibraba.

¡CRAC! ¡CROC! ¡CATACROC!

¡CRAC! ¡CROC! ¡CATACROC!

En menos de un minuto formaron tres hileras delante de ellos, dispuestos a entrar en batalla.

Penny y Marcus se miraron. Habían contado unas veinte esculturas andantes, y todas eran tan altas como los arcos de las capillas.

–¿Crees que deberíamos intentar hablar con ellos? –le dijo a Marcus.

–Probemos.

Se levantaron y salieron de detrás del sepulcro. Entonces, el cabecilla levantó una mano y sus guerreros se detuvieron con un sonoro golpe.

¡CRAC!

–¿Quiénes sois? –preguntó Penny.

El capitán de aquella tropa abrió la boca y de ella brotó una risa malvada y oscura, muy oscura, que retumbó por la cripta como el cuerno de Berry Manor:

–¡Ja, ja, ja! ¿Quién soy, decís? Soy sir Craig Potarch, el caudillo de los olvidados, y estos caballeros que veis conmigo son Errol Tarland, Iverr Murdock, Forfar, Longmorn, Strathcarron, Mervin, Irvin...

Mientras los presentaba, las estatuas los saludaron de modo fanfarrón: uno se atusó los bigotes, otro se palmeó la barrigota y los demás levantaron la cabeza orgullosos.

–Sé que me dejo algunos nombres, pero los he olvidado. Habéis profanado la paz de este lugar y por ello vais a morir –concluyó la escultura desenvainando su gran espada.

–¡Un momento! –chilló Marcus mirando a Penny de reojo–. Soy Marcus Donndhuban, hijo de Cedric Donndhuban, señor de los nigromantes del norte y probablemente el vuestro...

–¡Nosotros a señor ninguno obedecemos! –le interrumpió la estatua–. Nuestros señores murieron hace mucho tiempo y nos maldijeron abandonándonos a nuestra suerte.

Saltaba a la vista que aquellos caballeros estaban sedientos de sangre; no en vano debían llevar siglos pegados a los muros de la cripta. Parecían las figuras gigantes de un ajedrez tenebroso, y era evidente que les gustaba ganar.

El caballero dio por concluidos los parlamentos. A su señal, los pies de las veinte estatuas se alzaron al unísono y empezaron a caminar.

¡CRAC! ¡CROC! ¡CATACROC!

¡CRAC! ¡CROC! ¡CATACROC!

Avanzaban hacia ellos detrás de sus escudos, mientras sir Craig Potarch rugía:

–¡Adelante, mis valientes! ¡No dejéis hueso sin romper ni crisma sin machacar!

¡CRAC! ¡CROC! ¡CATACROC!

¡CRAC! ¡CROC! ¡CATACROC!

Penny y Marcus tuvieron el tiempo justo para refugiarse detrás del sarcófago, porque docenas de gigantescas flechas y lanzas de piedra salieron disparadas hacia ellos. Todas rebotaron en las paredes con un ruido ensordecedor y cayeron rotas al suelo.

Uno de los guerreros se escondió detrás de una columna y, al ver a Penny desprotegida, lanzó su hacha contra ella. El arma salió dando vueltas por el aire a una velocidad endiablada. Marcus oyó el zumbido mortal, alzó una mano con rabia y le lanzó un *Fulminis instantaneus*.

¡FLASH!

Miles de estrellas rojas dieron en el hacha, que se desintegró en el aire. La cara de Penny quedó llena de polvo.

Luego, los dos asomaron la cabeza y las manos por detrás del catafalco. Penny lanzó un chorro de estrellas plateadas, un *Gladius tremebundae,* que dio al cabecilla en el escudo y le hizo tambalear.

El hombre miró a sus secuaces un poco sorprendido, pero aquello pareció gustarle, porque abrió la boca y rugió con una especie de grito de guerra:

–¡AUUURGH!

Marcus, por su parte, disparó otro *Fulminis instantaneus* y de sus manos surgieron de nuevo miles de estrellas rojas, pero estas no hicieron mella en ninguna de aquellas esculturas andantes que, dando un tremendo salto, se hicieron a un lado.

Las estatuas estaban cada vez más cerca. Penny y Marcus probaron con varias *Agressio impetuosa* y cientos de estrellas doradas salieron disparadas hacia sir Craig Potarch y sus hombres. Sin embargo, a pesar de que se tambaleaban y perdían brazos y piernas, las figuras de piedra los recogían inmediatamente y se los volvían a colocar en su sitio, para avanzar en formación.

El que se había acercado más era una estatua de larga barba que blandía el hacha por encima de su cabeza con movimientos rítmicos, parecidos a los del macabro muñeco de una cajita de música.

–¡Ahora! –gritó Penny.

El chorro de estrellas de una de las *Agressio impetuosa* salió hacia su cabeza y se la arrancó de cuajo, mientras cientos de esquirlas salían despedidas por la nave.

Sin embargo, en lugar de caer derribada al suelo, la estatua se arrodilló, la recogió del suelo y la recolocó en su sitio. Luego se giró hacia ellos y sonrió de un modo terrible.

Al ver aquello, regresaron junto a los Clutterbuck, que seguían agazapados detrás del sepulcro. Las esculturas estaban cada vez más cerca.

¡CRAC! ¡CROC! ¡CATACROC!

¡CRAC! ¡CROC! ¡CATACROC!

–¡No podremos resistir mucho rato! –exclamó Penny.

–¿Y qué hacemos? –gritó Marcus.

–¡No lo sé! ¡Piensa algo!

Pippa los cogió a todos por sorpresa, ya que echó a volar entre aquellas tallas. Su truco para despistarlos pareció funcionar durante unos segundos, hasta que una de las figuras alzó un brazo y, de un manotazo, la hizo caer al suelo como si fuera una mosca.

–¡Ay! –se quejó al golpearse contra las losas.

Marcus salió corriendo hacia ella y, esquivando mandobles, se lanzó hacia Pippa y disparó un chorro plateado que catapultó al tal Mervin contra la puerta, donde se quedó inmóvil durante unos segundos.

Luego, el descomunal hombre de piedra se fijó en el agujero que tenía en el estómago, se rio y se puso de nuevo en pie. Para entonces, Marcus ya había regresado detrás del sepulcro, llevándose a Pippa a rastras.

–Ha sido una buena idea, sí –la felicitó su hermano Noel.

–¡Calla, zoquete, y piensa algo! ¡Están cada vez más cerca!

¡CRAC! ¡CROC! ¡CATACROC!

¡CRAC! ¡CROC! ¡CATACROC!

Las veinte gigantescas esculturas estaban a pocos pasos, listas para realizar el asalto final.

Penny recordó entonces que tenían algo más que ofrecer a aquellos despiadados guardianes de la cripta. Algo que había descubierto en la cima de la montaña, cuando ella y Marcus habían acabado con la diosa Durga. Aquel anochecer se habían dado las manos, y el poder que había emanado de ellas se había multiplicado por diez.

–¡Marcus! –gritó–. ¡Dame la mano!

Su hermano comprendió al instante y se arrastró hacia ella. Sus dedos se entrelazaron y sintieron una corriente eléctrica. Penny siguió apretándole la mano con fuerza, y cuando un poderoso calambre les recorrió el brazo chillaron a la vez:

–¡MAIRBHE!

De repente, de sus manos surgió una soberbia *Mortis subita* y la oscura Cripta de los Olvidados quedó iluminada por un fogonazo de luz que cegó a todos por un instante. Al fogonazo le siguió un relámpago azul que golpeó en el pecho a la estatua de un guerrero de barba larguísima.

El soldado soltó la espada de doble filo y miró donde había impactado el rayo, cuyo color azul se había transformado en un blanco purísimo.

A continuación se giró hacia sus compañeros, que se habían quedado inmóviles, y abrió la boca para decirles algo, pero de ella solo brotó un chorro de sangre que tiñó de rojo las losas de la cripta. Al instante, cayó con estrépito en mitad de la nave cuan largo era.

Sir Craig Potarch y sus compañeros no sabían si avanzar o regresar a las paredes.

Penny, Marcus, Pipppa y Noel se miraron unos a otros durante unos segundos, porque no sabían si la *Mortis subita* que había destruido a uno de ellos los detendría o si iniciarían el asalto final.

Los soldados parecieron perplejos hasta que su capitán reaccionó. Movió la cabeza de un lado a otro y envainó lentamente la espada. Sus hombres le imitaron y dejaron las hachas, las lanzas y los arcos en el suelo. Se quedaron tan quietos que por un momento parecieron otra vez estatuas.

–¡Uf! –suspiró Penny, que tenía la frente perlada de sudor–. Parece que la pesadilla ha terminado.

–Pues ya que estamos –sugirió Noel–, ¿por qué no los freís a todos y terminamos con esto?

Marcus sonrió y luego se volvió hacia su hermana.

–¿Crees que querrán hablar con nosotros ahora? –le preguntó.

Penny no respondió. Tenía los ojos clavados en sir Craig Potarch. Después de ver cómo uno de sus guerreros había caído en combate, se dirigió con pasos seguros hacia la capilla lateral. Subió tres escalones, se levantó la visera del casco y se volvió hacia ellos. Les sonrió maliciosamente y sus carcajadas resonaron de un modo horroroso. Pero eso no fue lo peor, sino ver cómo se arrodillaba junto al sepulcro de Romulus el Cojo y lo golpeaba con los nudillos.

–¿Qué hace? –preguntó Noel a su hermana, que le espiaba desde detrás del sarcófago.

–No lo sé –le respondió Pippa–, pero no me gusta nada.

–Está despertando a los nigromantes –susurró Marcus con un nudo en la garganta.

El ruido de los golpes sobre la tumba de Romulus el Cojo sonó como si alguien llamara a una puerta. Después, sir Craig susurró al féretro unas palabras en un lenguaje tan viejo como extraño, y aguardó a su lado.

Instantes más tarde, la tapa del sepulcro se deslizó lentamente y la estatua bajó la cabeza para escuchar lo que le decía su inquilino. Luego se alzó pesadamente y empezó a golpear con fuerza las tapaderas de los túmulos vecinos. Al acabar, salió de esa capilla y se dirigió a la siguiente, donde repitió la operación. Y así fue entrando en todas las capillas y despertando al resto de nigromantes.

Penny sintió un frío que le recorrió la espalda.

22

ROMULUS EL COJO, MELINDA LA FEA Y JUSTINIANO EL MANCO

En un periquete, muchas de las tapaderas de las tumbas se deslizaron de la caja, rompiéndose contra el suelo, y un hedor nauseabundo inundó la Cripta de los Olvidados. De su interior emergió algo que ninguno de los cuatro hubiera soñado ni en la peor de sus pesadillas: nueve espectros recubiertos por unos mantos andrajosos y deshilachados.

–¿Es... están muertos? –tembló Noel.

–Sí, listo –respondió su hermana Pippa con una mueca–. En las tumbas suele haber... muertos.

Uno a uno, los espectros se desperezaron e hicieron crujir sus articulaciones. Sus manos huesudas no tardaron en aparecer por debajo de las túnicas. En sus muñecas y en sus dedos brillaban grandes pulseras y anillos de oro. Todos iban armados con espadas o puñales.

Los nueve se bajaron las capuchas a la vez y aparecieron nueve calaveras adornadas por coronas con piedras preciosas engarzadas. Sus siluetas brillaban con una especie de tenue luz azulada.

Los espectros flotaron hasta el centro de la nave y se agruparon en el espacio que les cedieron las estatuas. Sir Craig Potarch se añadió al grupo y parlamentó con ellos en extraños susurros, señalando hacia el sarcófago de Percy y Rose Berry que les servía de protección. Lo único que Penny, Pippa, Marcus y Noel oyeron fueron siseos y risas emocionadas.

La primera cabeza que se alzó del corro y se volvió hacia ellos fue el espectro de Melinda la Fea. No vieron rostro alguno, solo los restos descompuestos de lo que siglos atrás había sido una mujer deforme, una bruja horrible y repugnante.

El escultor que había tallado su sepulcro había sido benevolente: la Melinda original era mucho peor que la estatua. Tenía los ojos saltones como los de un sapo y cada uno miraba adonde le apetecía. La poca nariz que le quedaba era chata y torcida.

–Seguro que en su época no ganó el concurso de Miss Britannia –se horrorizó Pippa.

–¡Mmm...! Sangre joven y carne tierna –dijo la mujer, relamiéndose–. ¡Mira qué piernecitas más apetitosas, Clodoveo! Hace siglos que no probamos algo así, ¿verdad?

–Son intrusos –rugió sir Craig.

–¿Intrusos? –oyeron decir a la sombra que había surgido de la tumba de Romulus el Cojo.

–Exacto, sire. Llevamos un buen rato combatiendo contra ellos, pero los muy bellacos disparan rayos por las manos.

–¿Rayos por las manos? –se sobresaltó Romulus el Cojo dando una especie de saltito–. Esto es algo completamente nuevo.

–Son dos pequeños astrosauros –se rio Clodoveo el Bizco señalándolos con un dedo roído por las ratas–. He visto cómo han tumbado a uno de los hombres de Potarch.

–¡Al *tuin* con ellos! –dijo el espectro que había salido de la tumba de Justiniano el Manco, sacando su única mano por debajo de las mangas.

–Romulus –los interrumpió Melinda la Fea–, insisto en que deberíamos saborear un trocito de sus pierneci...

–¡Cierra el agujero que tienes en la cara, Melinda! –la atajó Romulus, que tenía una mirada sagaz y peligrosa.

–El espantajo tiene razón, Romulus... –intervino de nuevo Justiniano el Manco–. Deja que los pruebe...

–¡Callad de una vez y dejadme pensar! –gritó Romulus–. Si están aquí es por algún motivo.

Los espectros comentaron algo entre ellos y empezaron a asentir, mientras un sudor frío recorría la espalda de Penny, Marcus, Pippa y Noel.

Romulus el Cojo, el cabecilla de aquellos espectros, se deslizó cojeando sobre las losas y, cuando estuvo cerca del sepulcro, los observó en silencio. Los ocho restantes le siguieron, flotando por la nave. Al llegar a unos pasos del sepulcro, Romulus abrió la boca y una voz de ultratumba resonó por toda la cripta:

–Bienvenidos a nuestra humilde morada, peregrinos –dijo muy amablemente–. ¿Podemos saber qué buscáis aquí?

–A nuestros padres –balbuceó Penny.

Los druidas no esperaban aquella respuesta. Se miraron unos a otros y cuchichearon haciendo aspavientos.

–¿A vuestros padres? –se interesó Romulus el Cojo.

–Exacto –dijo Marcus–. Se lo he dicho antes a sir Craig. Soy el hijo de Cedric Donndubhan y...

–Interesante –le interrumpió Romulus–. ¿Y dónde está tu señor? ¿Por qué no ha venido contigo?

Marcus calló; no se le ocurría ninguna respuesta convincente.

–Al menos conocerás la contraseña, ¿verdad? –la mandíbula de la calavera de Romulus el Cojo sonrió.

–¿Qué contraseña? –se extrañó Marcus.

–La que nos dio tu señor.

Marcus pensó durante unos instantes y luego dijo al espectro:

–¿Es «Sapos y culebras»?

–No, no es «Sapos y culebras».

–¿«Orcos y trols»?

–Tampoco –le sonrió amablemente el espectro–. Tampoco es «Orcos y trols».

–Entonces... ¿es «Muerte a los druidas blancos»?

–No. Pero casi...

–Pues será...

–¡Basta! –le cortó autoritario Romulus el Cojo. Su voz resonó por la cripta como si saliera de un pozo–. Veo que no tienes ninguna respuesta para una pregunta tan sencilla, y doy por concluida nuestra conversación. La verdad es que Donndubhan no nos dio ninguna contraseña... –sonrió con malicia.

–¿Ahora ya podemos cortar un trozo de esas jugosas piernecitas? –insistió Melinda la Fea.

–Ahora sí, Melinda –le sonrió Romulus el Cojo, que, con un gesto displicente, indicó a las estatuas que terminaran con aquello de una vez.

El nigromante se dio la vuelta mientras los guerreros de sir Craig Potarch empezaban a marchar de nuevo hacia el sepulcro.

¡CRAC! ¡CROC! ¡CATACROC!

A Marcus y Penny les faltó tiempo para sacar otra vez las manos por detrás del sarcófago. En un segundo, las estrellas rojizas, plateadas y doradas empezaron a volar en todas direcciones como los fuegos artificiales de Berry Manor la noche de año nuevo.

Sin embargo, ni los *Fulminis instantaneus* ni los *Gladius tremebundae* ni, mucho menos, las *Agressio impetuosa* hicieron mella en aquellos espectros. Avanzaban lentamente hacia ellos seguidos por las estatuas, que se habían envalentonado al ver a sus señores en vanguardia.

A continuación, Penny y Marcus juntaron sus manos y lanzaron otra *Mortis subita*.

–*Mairbhé!* –gritaron a dúo.

El resultado fueron otras dos estatuas fuera de combate. El espectro de William el Apuesto Jorobado salió despedido, pero regresó junto a los demás un instante más tarde.

–*Mairbhé!* –repitieron al unísono.

Otra *Mortis subita,* más potente que la anterior, dio de lleno en el espectro de Melinda la Fea. La horrorosa hechicera avanzaba con un puñal en la mano y mucha hambre en los ojos. El rayo la atravesó y rebotó en las puertas de la cripta, que se hicieron añicos con una explosión.

¡BUM!

La mujer se rio y les mostró los dientes mientras se relamía de gusto. Sus agudos chillidos hirieron las columnas y los cuatro tuvieron que taparse los oídos.

–¡Ya están muertos, Penny! –chilló Marcus–. ¡No podemos matarlos otra vez!

Nada parecía hacer mella en aquellos espectros. La risa helada de sus bocas, las tiras de piel descompuesta de sus mandíbulas y cuellos no eran nada en comparación con la maldad que emanaban las cuencas de sus ojos.

La mujer hizo una pirueta en el aire para esquivar otra *Mortis subita* que salió de las manos de Penny, y se precipitó hacia Pippa. Le sujetó una pierna con las manos huesudas y se la acercó a la boca para morderla.

De repente, la bóveda de la cripta se partió con un horroroso estruendo. Melinda la Fea soltó a Pippa y miró al techo.

¡¡¡CRAC!!!

Uno de los grandes arcos de la cámara se resquebrajó. Primero se derrumbó un gran cascote que aplastó a la bruja, y luego, el resto del arco, de modo que quedó sepultada por entero. Los huesos de sus piernas y de sus brazos forcejearon unos instantes para salir de debajo de las piedras, sin conseguirlo. Luego cayó otro trozo de arco encima de dos guerreros de sir Craig Potarch, partiéndolos en mil pedazos.

¡¡¡CATACRAC!!!

–Esos no creo que se levanten –sonrió Noel con malicia.

Poco a poco, se empezó a abrir un agujero en la bóveda de la Cripta de los Olvidados y por él asomó un cielo limpio de nubes. Llevaban muchas horas en el laberinto y casi era de día.

Entonces se oyó otro gran estruendo y una enorme boca llena de afilados colmillos penetró por el agujero, abriéndose paso mientras arrastraba tierra y piedras. La cabeza de aquella criatura estaba cubierta de lodo, sus dientes eran enormes, sus ojos parecían de fuego y de sus hocicos salían chorros de vapor.

–¿A quién habremos despertado ahora? –gimió Pippa, medio enterrada por la tierra que había caído desde el techo.

Penny y Marcus se pusieron inmediatamente en pie. Noel ayudó a su hermana a salir de los escombros. Estaban sucios de barro, pero ninguno estaba herido, nada más que las pocas magulladuras ocasionadas por las piedras que les habían caído encima.

La aparición de aquello había paralizado a Romulus, Justiniano y los demás espectros, que se habían refugiado en el interior de las capillas. De Melinda la Fea solo se veían los andrajos que salían de debajo de los cascotes, y ya no se movía.

La cabeza del monstruo terminó de penetrar a través del techo de la cripta, seguida de su largo cuello. Masticaba partes de la bóveda y las escupía. Enseguida miró al interior de la nave y los vio agazapados detrás del sarcófago. Abrió su bocaza y rugió:

–¿Qué, niños? ¿Podemos irnos ya? ¡Lleváis toda la noche jugando al escondite! ¡Pronto será hora de desayunar!

La bestia agitó la cabeza y se liberó de las toneladas de barro que la cubrían. Los cuatro suspiraron aliviados al ver el rostro majestuoso de Ashwhite Bonneville.

No lo dudaron ni un segundo y se lanzaron de un salto sobre su grupa. Penny tomó las riendas y le ordenó:

–¡Agarra eso!

–¿El qué? –bramó el animal.

Pero antes de comprender qué le decía, vio por el rabillo del ojo que unas estatuas de piedra se alzaban del suelo y les lanzaban unas afiladas flechas que silbaron a dos palmos de sus cabezas.

El dragón volvió el cuello hacia sir Craig Potarch y algunos de sus guerreros. Abrió la boca y les lanzó tal llamarada que el capitán y los cinco guardianes que quedaban en pie salieron despedidos hacia el otro extremo de la cripta y allí se rompieron en mil pedazos.

De los espectros no había ni rastro porque, valientes como eran, seguían escondidos en las capillas.

Ashwhite se giró y vio que otra de las gigantescas esculturas de piedra se había escondido detrás de una de las columnas de la cripta. Se trataba de un guerrero con un gran arco que apuntaba directamente a Marcus.

Antes de que pudiera liberar el dardo de piedra, el dragón agitó su cola como si fuera un látigo y le dio tal coletazo a la columna que la partió en dos. El arquero de piedra salió despedido por los aires, hasta que se rompió junto a los restos de sir Craig Potarch.

Luego, Ashwhite se volvió hacia Penny, que ya estaba en su grupa, y le gritó:

–¿Qué me decías antes?

–¡Esa gran piedra negra! –le ordenó ella señalando el sepulcro de sus padres–. ¡Cógela!

–¿Ese pedrusco? –replicó Ashwhite, extrañado.

Para cuando el dragón entendió lo que le decía, las estatuas ya se habían recompuesto de nuevo. Regresaron a la formación golpeando el suelo y protegiéndose tras sus escudos. Además, los espíritus de los nigromantes también habían salido de las capillas y empezaban a revolotear por el recinto. Melinda la Fea había logrado salir de debajo de los cascotes. Se sacudió sus andrajos llenos de polvo y los miró con el odio pintado en los ojos.

–¡Mi vestido nuevo! ¿Qué habéis hecho? ¡Os voy a triturar! ¡Cuando termine con vosotros, no quedarán ni los huesos!

A una señal de Romulus el Cojo, ella y el resto de espectros se les acercaron con la boca abierta y escupieron un extraño polvo oscuro que no presagiaba nada bueno.

–Esto no me gusta nada –dijo Ashwhite–. Además, creo que reconozco a alguno de estos fantoches, aunque la verdad es que se les ve un pelín desmejorados.

Entonces agitó las alas con fuerza y causó tal ventolera que media docena de espectros salieron despedidos hacia las capillas. Sin embargo, un segundo más tarde, se reunieron en el centro de la nave y abrieron sus bocas a la vez. De repente, un rayo de sol iluminó el interior de la cripta. Romulus el Cojo, Melinda la Fea, Justiniano el Manco y sus compañeros aullaron de dolor.

–¿Qué les ocurre? –se extrañó Noel.

–¡Es el sol! –sonrió Marcus con malicia–. ¡El sol los hiere!

El dragón del Decanato de Escocia no esperó más y, después de comprobar que los cuatro estaban firmemente montados, pegó tal patadón en el pavimento de la cripta que se elevó al cielo como una saeta.

De nada sirvieron las lanzas y las flechas que les lanzaron los guardianes de la cripta. Los nueve nigromantes gritaron de rabia e impotencia, y ellos cuatro sintieron un escalofrío, pero para entonces ya estaban muy arriba.

Penny entornó los ojos, heridos por los primeros rayos del sol. Luego los abrió y vio que ascendían desde la otra punta de la isla, que habían cruzado por completo a través del laberinto. El castillo de Lindisfarne se veía a lo lejos, y el agujero en el techo de la cripta parecía el cráter de un pequeño meteorito.

Lo último que vio desde el cielo fue al druida Adalbertus agitando las manos encima del agujero. Instantes más tarde, unos remolinos de humo verde empezaron a salir por el cráter que había provocado Ashwhite, y las piedras y los cascotes regresaron a su posición inicial. El druida negro de Lindisfarne acababa de restaurar la Cripta de los Olvidados.

–¿Cómo has dado con nosotros, Ashwhite? –se interesó Penny en cuanto recuperó el aliento.

El viejo dragón intentó explicarle que aquella madrugada, al despertar, había encontrado a su lado al viejo druida Adalbertus. Él le había dicho que llevaban muchas horas dentro del laberinto y que eso no podía significar nada bueno.

Después se había dado un paseíto por las ruinas, y al oír ruidos debajo de sus pezuñas decidió meter las narices en el asunto.

Pero en lugar de explicarle nada de eso, solo emitió un gruñido, porque mantenía la boca firmemente apretada.

Entonces Penny le miró intrigada, se colgó de su cuello y vio el sarcófago de sus padres entre sus colmillos.

–¡Te quiero, Ashwhite Bonneville! –dijo besándole–. ¡Y no sabes cuánto!

El viejo dragón albino sonrió feliz, pero no pudo responder porque apretaba los dientes como no lo había hecho en su vida. Se limitó a batir sus alas para llegar a Berry Manor antes de que amaneciera del todo.

23

UNA SUCULENTA BARBACOA Y UN SOLEMNE JURAMENTO

Estaban tan agotados de la noche en el laberinto de Lindisfarne que sobrevolaron la costa en silencio, hasta que Penny suspiró.

–¿Qué te ocurre? –le preguntó Marcus.

–Pensé que en Lindisfarne encontraríamos el modo de revivirlos y que después...

–Mira el lado bueno, Penny –intentó consolarla Pippa–. Al menos los hemos encontrado.

–Sí, pero la pócima de Zaratustra no... ¡no existe, Pippa! ¡Desapareció hace más de mil años!

Entonces, unas lágrimas amargas empezaron a resbalar por sus mejillas y cayeron al mar que Ashwhite cruzaba a la velocidad del rayo. Marcus le puso una mano en el hombro, que ella enseguida agarró con fuerza.

–¡Oh, Marcus! –sollozó–. ¡Es terrible! Se quedarán para siempre en estas tumbas de piedra.

Su hermano le apretó la mano y dijo:

–Habrá algún modo, ¿no? Ya lo encontraremos, Penny.

Pippa y Noel no dijeron nada. Sabían que aquello era más difícil que encontrar una aguja en un pajar.

Penny estuvo sumida en sus pensamientos hasta que Ashwhite empezó a planear sobre los tejados de Berry Manor.

Los primeros rayos del sol doraban las hojas del magnolio y los parterres de petunias y violetas. Se posó suavemente cerca de la puerta de la mansión, plegó sus alas y depositó los sepulcros sobre el césped.

–¡ROAAARRR! –rugió de un modo aterrador para que todos acudieran a su llamada–. ¡Casi no podía respirar con esta piedra en la boca! ¿Tan importante era?

–Son nuestros padres, Ashwhite... –replicó Penny cogiéndole la mandíbula con las manos y mirándole a los ojos.

–¿Cómo? –se extrañó la bestia–. Debía haberme dado cuenta, pero ahí dentro no vi nada. Solo obedecí tu orden...

Luego, el animal se acercó a los sepulcros, se fijó en los rostros petrificados y suspiró:

–Sí, claro que los recuerdo: Percy y Rose...

Entonces se oyó la chirriante voz de Defectus Sidebottom, que había salido del cobertizo y corría hacia ellos.

–¡Por Robustus, el gran druida! –exclamó al ver aquello en mitad del jardín–. ¿Un pastel de chocolate es? ¿Se come?

–No, Defectus, no es un pastel y tampoco se come –le regañó Penny.

Después le pegó unas palmaditas en el trasero para que regresara al cobertizo. El aullido de Ashwhite había hecho que se encendieran todas las luces de Berry Manor.

–¡Es Percy! –gritó la señora Knots, que se esforzaba en salir del estanque–. ¡Mi Percy!

Entonces oyeron el ruido de docenas de pezuñas galopando hacia ellos desde el arco de Amhuinn. Instantes más tarde, Quirón y muchos otros centauros y unicornios se pusieron a su alrededor y clavaron los ojos en lo que habían traído de la Cripta de los Olvidados.

Un segundo después, se abrió la puerta de la mansión y salió la abuela Octavia enfundada en su bata, seguida por tía Aurelia y tío Claudio. Detrás apareció Lucinda Caldwalader en camisón.

Todos se quedaron en el dintel de la puerta con el miedo pintado en la cara. La última vez que Ashwhite había rugido de aquella manera habían encontrado a Penny y a Marcus al borde de la muerte.

Esta vez, en cambio, al ver lo que sus nietos habían traído de Lindisfarne, la DAF de Escocia tuvo que agarrarse del brazo de su hija para no caer redonda al suelo. Sin decir nada, se puso las manos en las mejillas y avanzó titubeante por el césped hacia el sepulcro negro de Percy y Rose Berry.

Enseguida se percató de que su hijo y su nuera tenían el rostro sereno. Penny se abrazó a su cintura y luego le hizo un gesto a Marcus para que se acercara. La abuela abrazó a los dos y dijo, henchida de orgullo:

–No teníamos suficiente con que una se metiera en líos; ahora tenemos dos. ¡Que el cielo os bendiga! Y a ti también, Ashwhite, campeón de mil batallas. Me los habéis devuelto. Los habéis traído a casa, hijos míos.

Entonces, el potente vozarrón de Quirón Blackhorse resonó por el jardín:

–¡HIP, HIP!

–¡HURRA! –gritaron docenas de voces alegres apiñadas alrededor de los sepulcros.

–¡HIP, HIP! –continuó Quirón, a punto de estallar.

–¡HURRA!

–¡HIP, HIP!

–¡HURRA! –se oyó gritar a la señora Knots, que no conseguía salir del estanque.

Lo que no se esperaba Octavia Berry era que, después de los gritos de alegría, Penny empezara a llorar desconsoladamente.

–¿Qué te ocurre, tesoro? –le dijo preocupada.

–Sí, abuela –confesó–, los hemos traído de regreso y también hemos encontrado el libro de Zaratustra.

–Entonces todo ha salido estupendo, ¿no? ¿A qué vienen estas lágrimas?

Penny la observó en silencio y siguió sollozando. Habían fracasado y sus padres se quedarían para siempre petrificados en el sepulcro.

–No hay pócima, abuela –le explicó hipando–. ¡No hay pócima! En el libro de Zaratustra no dice nada.

–¿Cómo que no dice nada? –su abuela palideció.

–No –asintió Marcus con un nudo en el estómago al ver a Penny–. No dice nada.

Los Clutterbuck se les acercaron con el libro en las manos. Pippa lo abrió por la página que debía contener las instrucciones para fabricar la pócima y se lo mostró.

–Penny tiene razón –dijo–. Aquí solo hay un nombre.

–¿Y qué nombre es? –la abuela se colocó bien las gafitas plateadas–. A ver, aquí dice: «Shazzan conoce todas las respuestas».

Luego observó a los cuatro con inmenso cariño y secó las lágrimas que resbalaban por las mejillas de su nieta.

–Y el libro dice toda la verdad –sonrió enigmáticamente.

–¿QUÉ? –se sobresaltó Penny.

–Que Shazzan conoce todas las respuestas –repitió su abuela acariciándole el cabello.

–¿Pero cómo...? –logró articular Penny.

–¿Y quién es Shazzan? –preguntó Marcus enseguida.

–Shazzan es el nombre con el que en la antigua Mesopotamia se conoce al genio de la lámpara maravillosa. Será posible encontrar la pócima si encontramos a Shazzan, aunque creo que lleva más de mil años desaparecido en las arenas de Persia. Quizás nuestros buenos amigos los Sherezade puedan echarnos una mano.

Penny y Marcus se quedaron atónitos. Durante unos instantes, solo se oyó el canto de los pájaros y la suave brisa del norte acariciando las ramas del magnolio.

–¿Eso quiere decir que hay una posibilidad? –suspiró Penny.

–Siempre hay una posibilidad, cariño –sonrió su abuela–. Siempre.

Entonces, tía Aurelia se acercó a las dos figuras y puso una mano sobre los triskeles que adornaban sus capas.

–Habrá que decidir adónde llevarlos para que estén seguros.

–Eso –murmuró Penny– solo se lo podemos pedir a...

–Un dragón –dijo Marcus.

–Exacto, tesoro –sonrió de nuevo su abuela–. Un dragón valiente, generoso y precioso como ninguno.

Al oír aquello, el viejo Ashwhite avanzó unos pasos hacia ella. La DAF de Escocia le acarició la cabeza con inmenso cariño y luego le besó en la mejilla.

–Ashwhite Bonneville –dijo solemnemente mirando sus ojos color rubí–, te ordeno que protejas estos sepulcros con tu vida si es necesario. Dudo que nadie en su sano juicio se atreva a meterse en la caverna de un dragón milenario. Aunque, tratándose de los nigromantes, es mucho suponer.

El animal rugió orgulloso y luego todos se acercaron a ellos.

–Lo peor está por venir –dijo Quirón situándose junto a Penny–. Los nigromantes no olvidarán fácilmente una humillación como esta, pero he de reconocer que te superas día a día, pequeña astrosaura. Durante las vacaciones de Pascua has logrado recuperar a tu hermano y devolver a tus padres a Berry Manor. Me pregunto qué cosas serás capaz de conseguir en el futuro.

Penny respondió sin dudar:

–¿Hallar la pócima para desfosilizarlos?

–Es probable... –repuso el centauro acariciándose la perilla.

–Pero no lo he hecho yo sola, Quirón –añadió ella mirando a Marcus y a los hermanos Clutterbuck.

El viejo centauro sonrió.

–De tu hermano ya me lo esperaba; se ve a la legua que es un Berry de la cabeza a los pies. Y ya suponía que los Clutterbuck, además de incordiar en el Mitozoo, servirían para algo más –añadió bromeando.

En ese momento, los dos sepulcros brillaron como si fueran de fuego. Entonces, Octavia Berry se subió al pedestal y recorrió con los dedos los rostros de su hijo y su nuera. Luego cerró los ojos y musitó:

–*An neach nach cìnn na chada, cha chìnn e na dhuisg.*[2]

Después se volvió hacia el resto y gritó en celta:

–*Lionar bearn mór le clachan beaga!*[3]

---

[2] Aquel que no descansa en su sueño no descansa cuando despierta.

[3] Las grandes brechas se rellenan con pequeñas piedras.

–¿Qué ha dicho? –preguntó Pippa.

–Que las grandes brechas se rellenan con piedras pequeñas –tradujo Marcus–, que quiere decir que poco a poco se hace un mucho, y somos muchos. Quizás no más fuertes; pero si permanecemos unidos, nada nos detendrá. Pienso que mi abuela tiene toda la razón del mundo, ¿no creéis?

Penny se estremeció, le dio un abrazo y le besó en la mejilla.

¡Chuic!

Luego, Marcus hizo algo que la pilló por sorpresa porque, por primera vez desde que se conocían, se volvió hacia ella y se lo devolvió. Entonces Pippa, que no se había perdido detalle, se giró hacia Noel enfadada:

–¿Lo ves, zoquete? A veces, los hermanos también se besan.

Noel hizo una mueca de resignación y, a regañadientes, besó a su hermana.

¡Chuic!

–¡Huy! –exclamó entonces tía Aurelia con una mano en la barriga–. Creo que he notado algo.

–¿Ya? –se alarmó tío Claudio–. ¡Voy a buscar el coche!

–¿Para qué?

–Para ir al hospital, por supuesto.

–¡Claudio! –se rio tía Aurelia–. Solo ha sido una patadita ¡Aún faltan cuatro meses para que nazca!

–Entonces, creo que tendremos que alargar unas semanas nuestra estancia en Berry Manor –añadió tío Claudio.

Penny miró alborozada a Marcus, pero su hermano estaba pendiente de la puerta de Berry Manor, por la que salían del bracito Calpurnia Clutterbuck y Archibald Footstep. La herborista se les acercó radiante, mostrando una sortija que lucía en un dedo.

–Archibald... –dijo sonrojándose–, Archibald me ha pedido que nos casemos...

–¡Oooh! –exclamaron a coro.

Los prometidos intercambiaron innumerables besos con todos los allí presentes.

–¿Y sabéis lo mejor de todo? –dijo la herborista, radiante de felicidad–. Nunca lo diríais.

Todos aguardaron expectantes lo que tenía que decir, y la dueña de La Ortiga Alegre puso los ojos en blanco.

–Me lo ha pedido cuando estábamos recogiendo cardos y ortigas en Amhuinn. ¿Podéis imaginar algo más romántico?

Pippa y Noel se rieron hasta que su madre les tiró de la oreja.

Mientras tanto, la abuela Octavia, que se había retirado a hablar con Quirón y Grizela Sparks, regresó junto al grupo.

–Ha quedado decidido –anunció entonces la DAF de Escocia solemnemente–. Lo que contaron Penny y Marcus, sumado a lo que ha ocurrido esta noche en Lindisfarne, confirma que los nigromantes están listos para atacar. El Concilio Universal ha sido convocado, y veremos con cuántas fuerzas contamos.

Su anuncio fue recibido con algunos aplausos, pero también con murmullos de preocupación.

–Además –continuó–, seguiré el consejo de Augustus. En unos días empezaremos el gran éxodo hacia Cairngorms. Acabo de dar instrucciones a Quirón y a Grizela Sparks. Pasado mañana marcharán al norte con Rictus, Archibald y Calpurnia para adecentar los abrigos de la montaña y reparar las fortificaciones donde refugiarnos. Junto a ellos marcharán docenas de centauros y gigantes para echar una mano.

Tras el anuncio, unos oteadores dirigidos por tía Aurelia y tío Claudio bajaron el sepulcro a la caverna de Ashwhite, y Penny, Marcus, Pippa y Noel decidieron echarse un rato. Eran casi las ocho de la mañana y no habían dormido en toda la noche.

Horas más tarde, los despertaron unas dulces notas que provenían de los bosques de Amhuinn.

Bajaron al jardín, donde todo estaba listo para la barbacoa, y corrieron hasta el cobertizo. La abuela Octavia esperaba con los ojos clavados en el camino del bosque, retorciéndose las manos nerviosa.

–¡Ah! Ya os habéis despertado –dijo abrazando a Penny y a Marcus–. ¡Mirad! Habréis visto muchas cosas, pero esto no lo habíais presenciado nunca.

Al son de una melancólica balada galesa que interpretaban docenas de gaitas, varias compañías de elfos galeses e irlandeses marchaban hacia Berry Manor. En esos momentos, docenas de ellos desfilaban marcialmente bajo el gran arco de flores. Todos eran altos y rubios, vestían cómodas ropas de viaje y cargaban a la espalda grandes mochilas y largos arcos.

La figura que los comandaba era una joven de piel de alabastro y largas trenzas doradas. Era alta y, más que andar, flotaba sobre la hierba. Parecía sacada de una fábula y, como el resto de la hueste, portaba en el hombro un arco y un carcaj lleno de flechas plateadas.

–Buenas tardes, ilustre Octavia Berry y compañía –los saludó con una profunda reverencia al llegar delante de ellos.

La música que salió por su boca les pareció sacada de un riachuelo, y los cuatro la miraron embelesados.

–¡Ghiliân! ¡Preciosa! –saludó la DAF de Escocia–. Siempre tan elegante, como tu madre.

–Pa... parece una elfa –se maravilló Penny.

–No lo parece, cariño –sonrió la abuela Octavia–: Ghiliân es una elfa. Es la hija de Cornelia y Clarence Gruffyd.

–Entonces, ¿los Gruffyd son... elfos? –replicó ella.

–Pues claro. No me digas que no te habías dado cuenta. Y, por si te interesa, los Berry también somos medio elfos.

–¿Cómo? –dijeron a dúo Penny y Marcus, atónitos.

Pero la abuela no pudo explicarles nada, porque de repente algo oscureció la luz del sol. Alzaron los ojos al cielo y vieron cientos de grifos que llegaban desde el sur montados por una compañía de oteadores de Inglaterra. Eran los enviados por Augustus Blackfriars.

–Nuestros aliados han cumplido con su palabra –dijo la abuela.

Los ingleses iban capitaneados por dos comandantes que ya había estado en Berry Manor el verano anterior, Owen y O'Flaherty, que enseguida se pusieron a las órdenes de la DAF de Escocia.

Las compañías de elfos de Ghiliân Gruffyd se desplegaron al norte de Amhuinn, más allá de la Pradera de los Unicornios hasta los barrancos de Ughol Arn. Los segundos lo hicieron entre el Bosque de los Robles del Este y el Bosque de los Robles del Oeste. De modo que los límites del bosque contaron con cientos de nuevos oteadores para prevenir una incursión de los nigromantes.

En cuanto las tropas se dispersaron, apareció tío Claudio cubierto con un delantal de florecitas manchado de grasa. Llevaba la camisa sudada y tenía los ojos rojos por el humo.

–La barbacoa estará lista en media hora –anunció.

–¿Habíais visto alguna vez a un papá tan apuesto? –sonrió tía Aurelia mordiendo un melocotón.

–Pues la verdad... –balbuceó Penny.

–¿Cuántos seremos? –preguntó el tío antes de que su sobrina pronunciara su malvado veredicto sobre el delantal.

–Unos cuarenta, cielo –repuso tía Aurelia.

El jardín ya estaba lleno de grandes mesas, sillas plegables y unos parasoles que los más optimistas habían plantado junto a los parterres. Las mesas estaban preparadas con fuentes llenas de panecillos, ensaladas, salsas de toda clase y bebidas frescas.

–Poco a poco, las cosas se están poniendo en su lugar –suspiró la doctora Sparks, tomando una copa de vino espumoso que le ofrecía Quirón.

A ellos se sumó tía Aurelia, a la que empezaba a notársele el embarazo.

–¿Para cuándo esperáis? –le preguntó Grizela Sparks.

–Para finales de agosto, si no se adelanta...

–¿Y ya habéis pensado un nombre?

–Si es niño le pondremos Máximus, en honor a mi padre, y si es niña...

–Si es niña... –balbuceó tío Claudio para no meter la pata.

–¿QUÉ TAL CECILIA? –oyeron gritar a la señora Knots desde la charca.

–¡Huy! ¡Me parece un nombre precioso! –le respondió tía Aurelia–. Cecilia Pettigrew suena muy bien, ¿verdad, cielo?

Tío Claudio sonrió y la equinaqua batió las palmas.

Un minuto más tarde, vio que Penny, Marcus, Noel y Pippa salían de la casa y se dirigían al estanque con una toalla al hombro. Era un día especialmente caluroso y el sol brillaba con fuerza.

–¡Cielo santo! ¿Adónde vais? –gritó horrorizada tía Aurelia abanicándose debajo del parasol.

–¡A bañarnos! –le gritó su sobrino.

–¿A bañaros? –exclamó ella.

–Solo es una equinaqua pequeñita, tía Aurelia –dijo Marcus sonriendo.

–¿Una equinaqua pequeñi...? Pero, pero... –balbuceó.

Entonces cayó en la cuenta de que, para su sobrino, bañarse con aquella bestia milenaria debía ser algo así como jugar con un gatito.

–¡Claudio, haz algo, por favor...! –exclamó.

–Ya lo hago –se rio él–. ¡Estoy con la barbacoa!

Tío Claudio no le dijo a su mujer que por la tarde los chicos tenían planeado sacar a pasear por el bosque al trol y a Crunchy, el blemia del Mitozoo, porque le hubiera dado otro sofoco. Además, hubiera tenido que confesarle que se había ofrecido gustosamente a acompañarlos.

Los cuatro llegaron delante de la gran charca, colgaron las toallas de la barandilla y se tiraron al agua. Ese fue uno de los días más felices de la equinaqua, que estuvo chapoteando y jugando al tobogán con ellos hasta que fue la hora de comer.

La comida transcurrió plácida y las salchichas y hamburguesas de tío Claudio habían quedado en su punto. Además, la abuela Octavia había autorizado a Caribdis y Oribdis a permanecer despiertas durante el día.

Comieron y bebieron hasta saciarse, y estuvieron cantando y bailando hasta que el cielo se cubrió de nubes negras y unos truenos resonaron por los valles. Entonces entraron en Berry Manor y, momentos más tarde, una formidable tromba de agua empezó a caer sobre Pitlochry.

Aquella noche, cuando todos estaban acostados, Penny y Marcus bajaron a la caverna de Ashwhite y avanzaron entre las estalagmitas.

El dragón albino estaba, como de costumbre, recostado en la gran pared de roca blanca y tenía su larga cola enroscada alrededor del sarcófago. Al olerlos, abrió un ojo y les indicó con la cola que se acercaran. Penny se adelantó y colocó una mano en el rostro de su padre mientras Marcus clavaba sus ojos en los de su madre, cerrados y serenos. Luego hizo algo que Penny jamás habría imaginado: se acercó a la mejilla de la estatua y la besó.

–Percy y Rose... –musitó Penny con un nudo en la garganta.

–¿Llegaste a conocerlos? –se interesó Marcus.

Penny negó con la cabeza.

–Es cierto, el innombrable se los llevó cuando teníamos poco más de un año.

–¿Le echas de menos?

–¿Al innombra...? No, no es eso. No puedo echarle de menos, Penny. Además –sonrió–, esto es muchísimo mejor. Y quizás un día Ashwhite deje que le monte yo solo.

–Bueno, bueno –replicó este–. Ya veremos... Ya te dije que soy un poco chapado a la antigua y no me gustan las improvisacio...

–No seas cascarrabias, Ashwhite –le sonrió Marcus.

Ashwhite vio cómo el pequeño Berry se sonreía, y entonces Penny los abrazó a los dos con todas sus fuerzas.

–¿Y ahora qué? –se interesó Marcus.

–¿Ahora? –Penny se volvió hacia él–. Supongo que, después del Concilio Universal, viajaremos a Persia en busca de Shazzan y la pócima de Zaratustra.

Durante unos segundos, los tres observaron en silencio los rostros serenos de sus padres.

–Me pregunto cuándo decidirá la abuela marchar hacia Cairngorms –suspiró Penny.

–Dijo que dentro de unos días –murmuró su hermano con los ojos clavados en el sepulcro–. Habrá que pensar dónde dejarlos.

–Podemos esconderlos dentro de la Gruta de las Perlas de Plata. Hooves dijo que nadie conoce ese lugar.

–Y dijo bien –asintió Ashwhite.

Luego permanecieron unos segundos en silencio hasta que Penny susurró:

–Os sacaremos de aquí, papá y mamá.

–Lo juramos –añadió su hermano.

–Aunque nos vaya la vida en ello –gruñó el viejo dragón.

Penny y Marcus Berry continuaron un rato abrazados a Ashwhite, sonrieron y sus ojos verde esmeralda centellearon como dos relámpagos en mitad de la noche.